L'ENFANT DE TOUS

Cathy McGough

Stratford Living Publishing

CE QUE DISENT LES LECTEURS...

"Une lecture agréable avec des rebondissements surprenants en cours de route."

DE CA :

"J'ai trouvé l'intrigue intrigante et j'ai apprécié de lire le livre jusqu'à la fin."

"Facile à lire, rythme rapide et prémisse intéressante."

DE L'IN :

"Un thriller agréable et bien écrit."

Table des matières

Pour les enfants

Poème :

LE POUPEAU DE PAPIER

La poupée de papier est emmêlée dans le tourbillon
du vent.
Vidée de ses émotions, elle virevolte et tourne.
Elle fait des pirouettes de ballerine.
Elle se remémore les échecs et les regrets de la vie.

Elle essaie frénétiquement de s'échapper de ses
griffes.
À ses oreilles, le vent murmure des viols.
La poupée de papier est déchirée d'un membre à
l'autre
Un simple souvenir de ce qui aurait pu être.

Elle ne ressent aucune douleur car elle n'est qu'une
enfant
Elle ne ressent rien.

Entendez les cris des enfants qui se retournent dans
tous les sens
Dans les rêves de leur sommeil
Protégez-les des tourbillons de la vie.

Courez, enfants, courez,
Il n'y a plus de chaînes pour vous lier.
Protégez-les des tourbillons de la vie.

CHAPITRE 1

BENJAMIN

BENJAMIN, 17 ANS, ÉTAIT un employé consciencieux. Surtout depuis qu'il avait abandonné ses études secondaires. Deux fois par jour, six jours par semaine, il se rendait à la banque. Le matin, pour l'argent liquide. L'après-midi, pour déposer les recettes de la journée. L'aller et le retour se passaient sans encombre : jusqu'à ce matin-là.

Ce qui a attiré son attention, c'est une femme. Se pavanant sur des talons hauts, elle se distinguait comme un mannequin sur une plage. Les étiquettes dorées de son sac à main et de ses lunettes de soleil reflétaient la lumière, la faisant rebondir et bouger comme des lucioles. Sur l'épaule de sa robe noire sans manches traînait un foulard rouge.

Les yeux de Benjamin suivent le mouvement de l'écharpe, jusqu'à ce qu'elle atteigne l'extrémité du bras tendu de la femme. Attachée à ce dernier, une petite fille s'efforçait de suivre le mouvement. Le bras de l'enfant, âgé de sept ans peut-être, s'est également tendu vers l'arrière. Une chose y était attachée : une poupée gigantesque grandeur nature. Il a fait une double prise parce que le visage de la poupée et celui de l'enfant étaient des copies conformes. Il remarque ensuite que le bras tendu de la poupée est également tendu vers l'arrière - vers rien ni personne. Les jambes trapues et les chaussures de la chose traînent sur le trottoir et le suivent.

Curieux, il suivit l'étrange trio qui tournait au coin de la rue en direction de la promenade du bord de l'eau du lac Ontario.

La femme s'est arrêtée, a tiré sur le bras de l'adepte réticent, puis a accéléré le rythme. La petite a trébuché sur le sol sans lâcher la main de sa poupée. Elle s'est redressée à toute vitesse pour recevoir une gifle sur la joue. Une gifle dont le son lui fit grimacer car il semblait se répercuter.

La femme marcha rapidement tandis que le piaillement de l'enfant se transformait en cri. Elle s'est penchée en arrière, chuchotant à l'oreille de l'enfant : résultat des larmes silencieuses.

Plaçant son doigt sur la composition rapide du 911, il a évalué la situation. S'il était un homme adulte, il lui donnerait une leçon. Au lieu de cela, il a continué à les suivre. Il les observe. Il se demandait ce qui pouvait bien se passer.

La poupée qui sautillait derrière lui avec un sourire carnassier lui donnait la chair de poule, alors il passa de l'autre côté de la route. Il continue d'observer l'étrange trio. Il observa en particulier la façon dont le foulard rouge de la femme contrastait avec ses cheveux et sa robe noir corbeau. Elle ne semblait pas à sa place, comme si elle se rendait à une séance de photos pour un magazine avec deux enfants.

Attends un peu. Le type de poupée me semble familier. Son patron, Abe, commandait parfois des poupées similaires dans sa boutique. Généralement dans les mois qui précèdent Noël.

Les poupées étaient conçues et expédiées d'Europe. Chaque commande nécessite une photo de l'enfant. Celle-ci devait reproduire le teint, la couleur des cheveux et des yeux. Les détails tels que la taille, le poids et la pointure des chaussures étaient inscrits au dos de la photo.

C'est alors qu'il a remarqué pourquoi la petite fille se débattait. À ses pieds, elle portait des sandales étincelantes, du genre de celles qui entourent la cheville. Pour des sandales, elles étaient jolies, mais inadaptées à une marche rapide. Pour sa jumelle, les sandales n'étaient pas un problème car la poupée était tirée le long du trottoir.

Lorsqu'elles arrivèrent au premier banc public, la femme s'était calmée. Elle a ri en aidant la petite à retirer son sac à dos. Elle s'est ensuite assurée qu'elle était confortablement assise avant de s'occuper de la poupée. Elle a plié ses jambes et l'a mise en position assise.

Il s'est rapproché, prenant des photos du front de mer jusqu'à ce que son téléphone vibre. C'était Abe, qui prenait de ses nouvelles.

"Où es-tu ?" Abe avait envoyé un texto. Abe était le patron et le propriétaire de Benjamin. Abe était un adepte de la routine.

"En ligne, reviens dès que possible", avait envoyé le garçon par texto.

La réponse d'Abe était un emoji de pouce levé.

La femme s'est agenouillée, de sorte qu'elle était les yeux dans les yeux avec l'enfant.

L'adolescent a pris une photo panoramique complète de l'horizon du lac Ontario, de la Tour CN à Burlington.

"Chéri, j'ai oublié mon portefeuille", a-t-elle tapoté la main de l'enfant. "Je reviens tout de suite, c'est promis."

L'enfant est restée silencieuse, tripotant ses sandales.

"Tu as mal aux pieds, ma chérie ? Je suis désolée que nous ayons dû nous dépêcher. Tu peux te reposer ici, et tu iras mieux quand je reviendrai te chercher. Attends ici, d'accord ?"

L'enfant acquiesce et laisse tomber ses jambes vers le bas. Incapable de toucher le sol, elle resta immobile.

"Pendant mon absence, ne bouge pas de ce banc". Elle a jeté un coup d'œil autour d'elle. "Et ne parle à personne. N'oublie pas que nous avons un mot secret. Tu sais ce que c'est ? Chut, ne me le dis pas. Tu t'en souviens, oui ?"

"Et si je dois, chuchote l'enfant, faire pipi ?"

"Retiens-toi jusqu'à ce que je revienne. Je ne serai pas long. Plus vite je partirai, plus vite je reviendrai." Elle se leva et redressa son dos.

Le petit lui saisit le bras : "Tu ne m'oublieras pas, n'est-ce pas maman ? Comme la dernière fois ?"

La femme soupira et murmura.

"Chérie." Elle tapota la main de sa fille. "Je suis allée te chercher à l'école à l'heure quatre-vingt-dix-neuf fois et tu te souviens toujours de la seule fois où j'ai été en retard." Elle a pris une profonde inspiration, puis a fait un pas en arrière.

"Désolée, maman."

L'adolescent était assis sur un banc à proximité, faisant défiler les photos qu'il avait prises. Il a levé les yeux lorsque la femme s'est retournée. L'expression de son visage semblait plus enfantine maintenant, avec son menton poussé vers l'avant.

"Cette fois, je connais le chemin de la maison", dit sa fille avec un sourire en coin.

La femme a soufflé, s'est retournée et a serré sa fille dans ses bras. "Je dois y aller maintenant, bébé".

"Je ne suis pas un bébé."

"Je sais que tu ne l'es pas. Attends ici, attends-moi. Je reviendrai. Croise mon cœur." Elle a mimé la traversée du cœur puis s'est éloignée.

"À bientôt, maman", dit l'enfant. Elle a tourné le cou, regardant le fossé se creuser entre elle et sa mère.

L'adolescente la regardait avec des yeux remplis de larmes. C'était une bonne mère après tout, ou mieux qu'il ne le pensait.

La mère s'est retournée et a soufflé un baiser à sa petite fille, puis a continué à marcher.

Son téléphone a de nouveau vibré. Abe. Il faut qu'il aille à la banque.

L'enfant a ouvert son sac à dos, en a sorti un livre et a commencé à lire. Pendant une minute ou deux, il l'a observée. C'était mignon, la façon dont elle bougeait ses lèvres pour prononcer les mots.

Il vérifie sa montre. Plus certain maintenant que sa mère reviendrait comme promis, il se rendit à la banque.

C'était le seul moyen d'empêcher Abe de venir le chercher. Si Abe devait sortir du magasin pour le chercher...

Il ne voulait pas y penser.

CHAPITRE 2

JENNIFER WALKER

L{ORSQU'ELLE FUT à QUELQUES} mètres de là, Jennifer jeta un coup d'œil à sa fille qui était restée sur le banc comme on le lui avait demandé. Elle détestait la laisser seule, mais quel choix avait-elle après ce qu'elle avait fait ? Elle a ouvert l'appareil photo de son téléphone et a pris une photo de sa fille. La photo montrait sa petite fille encadrée par le ciel le plus bleu et l'eau encore plus bleue du lac Ontario. Contente que sa fille ne bouge pas, elle s'est retournée dans la direction d'où elles étaient venues.

Sur le chemin du retour, elle a pensé à son partenaire Mark Wheeler. Elle sortait avec lui depuis un certain temps, même si elle savait qu'il était déjà marié.

La plupart du temps, du moins lorsqu'ils étaient en public ou que sa fille était là, il était gentil et doux.

Mais il avait un autre visage lorsqu'ils étaient seuls et que le sexe était au menu. Certes, il lui arrivait d'apprécier le bondage, voire une petite fessée érotique. Cependant, l'asphyxie érotique poussait les choses trop loin. La sensation de passer sous l'eau, de descendre, de descendre, de descendre. S'essouffler comme si on ne le retrouverait jamais, voilà qui l'effrayait. Alors, cette fois-ci, elle a mis son pied à terre et a refusé de le faire. Mark s'est exécuté pendant qu'elle allait prendre une douche. Quand elle est revenue, il était mort. Elle avait été trop effrayée pour retirer le sac en plastique de sa tête. Au lieu de cela, elle est allée dans la chambre de sa fille et y a passé la nuit, et à la première heure du matin, ils ont quitté la maison.

Son téléphone a sonné, c'était enfin lui. "Il faut que tu m'aides", lui a-t-elle dit. "Je n'ai nulle part où aller".

"C'est Mark ?", lui a demandé son ami Poncho, qui est aussi le chauffeur de Mark.

Elle sanglote. "Oui."

"D'accord, j'arrive tout de suite. Je suis à un quart d'heure d'ici. Tiens bon."

Pour se distraire, un souvenir de Katie nouveau-née surgit dans son esprit alors qu'elle revivait la première fois qu'elle l'avait tenue dans ses bras. Sa fille était le plus petit, le plus doux et le plus beau petit ange qu'elle ait jamais vu. Elle grandissait si vite. Jennifer détestait laisser sa fille seule au bord de l'eau, mais ils devaient se débarrasser du corps. Surtout avec les liens de Mark avec la communauté et le monde de la drogue. Même si elle leur disait la vérité, ils ne la croiraient jamais. Le père de Mark avait des sacs d'argent - et elle ne pouvait pas risquer d'aller en prison. Qu'arriverait-il à son bébé ?

Elle rit en pensant au nombre de fois où elle a accusé sa mère de faire des bêtises pour des hommes qui n'en valaient pas la peine. Elle a levé les yeux au ciel : "Maman, je suis désolée car cette chose que j'ai faite remporte le prix". L'histoire se répète toujours. Le fait de le savoir ne l'aidait pas à se sentir mieux.

Arrête de te faire du mal, espèce d'idiote, pensa-t-elle. Elle reviendrait chercher Katie avant même de s'en rendre compte. D'ailleurs, dans son sac à dos, sa fille avait un livre. La poupée, qu'elles appelaient Katie Jr. pendant que sa fille essayait de trouver un nom, lui donnait la chair de poule. C'est lui qui la lui avait donnée. Elle lui trouverait une autre poupée et jetterait celle-là à la poubelle.

Presque arrivée à la maison, Jennifer aperçoit une camionnette blanche qui attend dans l'allée. Poncho a tiré la voiture à l'intérieur du garage, puis elle l'a refermé. Elle est entrée par la porte d'entrée et a laissé Poncho entrer en espérant que son voisin d'en face était occupé.

CHAPITRE 3

KATIE

Aᴘʀèꜱ ᴀᴠᴏɪʀ ʟᴜ ᴅᴇᴜx fois le livre à sa poupée, Katie l'a rangé. Elle a observé les mouettes qui volaient vers le haut, puis vers le bas à toute vitesse en enfonçant leur bec dans l'eau. Parfois, elles remontaient en transportant un petit poisson dans leur bec. Elle applaudissait lorsque cela se produisait. Plus d'une fois, les gens qui passaient se sont arrêtés pour voir ce qu'elle applaudissait et se sont joints à elle. Katie se sentait moins seule lorsque cela se produisait.

"Elle est si mignonne", lui a dit un jeune couple. Comme il s'agissait d'étrangers, elle n'a rien dit, mais a continué à regarder les mouettes.

Le temps a passé, alors que le soleil descendait peu à peu dans le ciel, et un policier s'est arrêté. "Tout va bien ?"

'Ne parle pas aux étrangers', disait la voix de sa mère dans sa tête. Mais c'était un policier. C'était quelqu'un à qui on pouvait faire confiance en cas de problème. "J'attends ma maman. Elle va revenir dans une minute."

Le policier a dû la croire, car il a incliné son chapeau et a continué à marcher.

"Merci", dit-elle en espérant voir sa mère marcher vers elle. Elle a fermé les yeux et les a rouverts, espérant un résultat différent. Il n'en fut rien.

Katie a aplati sa robe rouge sur le devant. Elle a soulevé un peu la manche à l'endroit où l'élastique la pinçait et laissait une marque. Elle s'est balancée d'avant en arrière. Le simple mouvement a fait se resserrer la partie cheville de ses sandales, alors elle a cessé de bouger ses jambes.

Hier soir, Mark et maman l'avaient bordée dans son lit. Puis elle a entendu des bruits. Quand ils étaient forts - qu'ils criaient - c'était effrayant, mais pas assez pour l'empêcher de s'endormir.

Sa maman lui disait toujours : "Katie, tu pourrais dormir pendant une tornade". Cela la faisait rire.

Quand ils ont quitté la maison ce matin, maman a dit que Mark faisait la grasse matinée. C'est pourquoi ils devaient s'habiller et quitter la maison en vitesse.

Lorsque les rideaux se sont déplacés de l'autre côté de la rue, Katie a dit : "Elle cherche encore, maman".

"Ne t'inquiète pas pour cette vieille chauve-souris curieuse", dit sa mère en tirant sa fille avec la poupée qui ramenait l'arrière.

Mark n'était pas le vrai père de Katie, mais il venait souvent. Il lui achetait parfois des choses, comme sa poupée. Quand il était là, sa mère était heureuse, au début. Puis il partait, et sa mère disait qu'il ne reviendrait jamais. Mais il revenait toujours.

La petite fille vivait dans un état de confusion constant. Les hommes allaient et venaient. Pourtant, elle aimait la poupée qui était sa jumelle.

Le problème était de savoir comment l'appeler. Elle ne pouvait pas l'appeler Katie Two parce que les jumeaux ne portent pas le même prénom. Même si elle l'avait depuis un certain temps, la poupée n'avait toujours pas de nom.

La plupart du temps, le fait d'avoir un père ne manquait pas à l'enfant. Les enfants ne regrettent pas souvent quelque chose qu'ils n'ont jamais eu. Jusqu'à ce que la société le leur rappelle - par exemple lors d'un déjeuner de fête des pères à l'école.

"Tu seras mon papa, à l'école, pour le déjeuner de la fête des pères ?" Katie demande à Mark.

"J'adorerais, ma chérie", a-t-il répondu.

"Mais Mark est un homme très occupé", a dit sa mère.

Lorsque la fête des pères est arrivée, Katie était la seule enfant présente sans personne. Les autres enfants sans père, avaient amené des grands-pères, des frères ou des oncles. Katie, qui n'avait rien de tout cela non plus, était encore plus désemparée.

Lorsque Katie a éclaté en sanglots à table, sa mère a appelé le directeur de l'école. Elle a demandé à l'école d'interdire complètement les événements de la fête des pères.

Katie ne voulait pas que la fête soit annulée pour tout le monde. Tout ce qu'elle voulait, c'était l'inclusion. La présence de Mark aurait fait en sorte que tout aille bien pour tout le monde.

Une mouette s'est approchée en piqué. L'oiseau a fait caca au milieu du rabat, laissant un souvenir derrière lui. Il a éclaboussé les robes de l'enfant et de la poupée. Katie a commencé par essuyer les larmes de ses yeux. Puis elle fit de même pour la poupée.

Elle souhaitait que sa mère revienne vite.

CHAPITRE 4

BENJAMIN

C'EST MAINTENANT LA FIN de l'après-midi et Benjamin se dirige vers la banque. Il jette un coup d'œil en direction du front de mer : l'enfant est toujours là ! Il avait eu raison dans son premier pressentiment - sa mère était un parent honteux. Laisser une petite fille toute seule au bord de l'eau toute la journée, c'était de l'abandon.

Il se dépêche de rejoindre la banque. Il devait se débarrasser des recettes de la journée avant la fermeture de la banque. Au lieu de risquer d'attendre, il a déposé l'argent dans le distributeur, puis est retourné voir comment allait la petite fille.

Abe lui avait déjà envoyé deux textos pour lui demander où tu étais.

Au début, il avait pensé que c'était excitant d'initier Abe à la technologie, mais maintenant, c'était une plaie. Ce n'est pas qu'Abe se méfie de Benjamin. En fait, l'homme et sa femme étaient les tuteurs légaux de Benjamin. Même si Abe travaillait dans le secteur des personnes, en vendant des biens au public, il n'était pas une personne à part entière.

"J'ai besoin de 2 t/c de quelque chose de 1er", répond l'adolescent.

"Okie, dokie", répond Abe. "Je dois faire sortir ma femme de la cuisine pour qu'elle m'aide !"

Il a gloussé avant d'envoyer un emoji approprié alors qu'il reprenait son chemin pour vérifier que la petite fille allait bien.

CHAPITRE 5

KATIE

KATIE EST RESTÉE SUR le banc du parc. À l'horizon, elle pouvait voir que le soleil se couchait. Il commençait à se faire tard. Sa mère l'avait encore oubliée. L'enfant avait envie d'uriner et envisagea de rentrer à pied. Elle connaissait le chemin mais n'avait pas de clé. Elle regrette de ne pas avoir mis ses baskets, ou des sandales qui ne pincent pas.

Elle ne voulait pas être dehors quand il ferait nuit. Même maintenant, elle imaginait des ombres se former autour d'elle, faites par les reflets des nuages. Lorsqu'un corbeau croassait, elle sursautait et frissonnait. Une coccinelle a rampé le long de sa jambe, sur sa robe. Elle l'a soulevée jusqu'à son doigt et l'a laissée remonter le long de son bras, jusqu'à ce qu'elle laisse une traînée jaune en marchant.

"Ce n'est pas grave", a-t-elle murmuré à l'insecte, "tout le monde fait pipi". Elle a déposé le joli insecte rouge sur le banc et il s'est envolé.

Son estomac a gargouillé, elle a fouillé dans son sac et en a sorti un mini-Kit-Kat fondu. C'était si bon, mais elle aurait bien aimé que ce ne soit pas un mini et elle espérait que sa mère reviendrait bientôt.

L'enfant fit semblant de nourrir la poupée, puis se remit à lire.

Elle avait lu le livre tellement de fois que son esprit était revenu à l'époque où sa mère lui avait dit qu'elle n'irait pas à l'école aujourd'hui.

"Pourquoi ?" demanda-t-elle. "Je veux aller à l'école."

"Aujourd'hui, nous allons aller au bord de l'eau. Nous regarderons les oiseaux, nous écouterons les vagues, et plus tard, nous irons au café pour acheter des chinos pour bébé."

"Je ne suis plus un bébé", proteste Katie.

"Je sais que tu ne l'es pas, mais tu n'aimes pas encore les baby chinos ?"

La petite fille a poussé son menton en pensant à Baby Chinos. Elle était une grande fille maintenant, et quand sa maman viendrait la chercher, elle commanderait plutôt un milkshake extra-large à la fraise.

"Ce sera tellement amusant !", résonnait la voix de sa mère dans ses oreilles.

"Tellement amusant", répète l'enfant. Puis son esprit s'est mis à vagabonder : "Je peux l'amener ?" avait demandé Katie. Elle faisait référence à sa poupée.

"Oui, tu peux, à condition de la porter tout au long du trajet, à l'aller comme au retour. Et n'oublie pas que tu auras aussi ton sac à dos."

"D'accord maman, je le ferai." Katie passa ses bras dans les bretelles du sac à dos et enroula ses bras autour de la taille de la poupée.

Au-dessus d'elle, un groupe de bernaches canadiennes en forme de V klaxonnait dans le ciel. Elle remarqua que le soleil avait baissé un peu plus. Elle frissonna et prit la main de la poupée dans la sienne lorsque des pas se rapprochèrent. Ils appartenaient à une personne qui, lorsqu'elle l'a vue, a réalisé qu'elle n'était ni un garçon ni un homme - elle se situait quelque part entre les deux.

Elle a replié ses bras autour d'elle. Alors que le soleil descendait encore plus bas, elle regretta de ne pas avoir de pull ou de manteau. Elle a remarqué que le garçon/homme ne portait ni l'un ni l'autre. Son t-shirt noir était orné d'un rocher et, sous celui-ci, des mots ZOOM ! qui lui rappelaient l'émission de télévision du même nom. Le garçon/l'homme avait un bronzage doré sur le visage et les bras. Il portait un jean noir et des chaussures de sport.

L'obscurité arrivait et elle voulait que sa mère revienne et la ramène à la maison. En attendant, elle souhaitait que le garçon/l'homme lui dise quelque chose, n'importe quoi.

Même si elle n'était pas censée parler aux étrangers, le son de la voix de quelqu'un d'autre quand elle se sentait comme ça la réconforterait. Bien que le garçon/l'homme ait probablement reçu la même consigne : ne pas parler aux étrangers.

L'autre chose, c'est que s'il lui parlait, elle pleurerait probablement. Elle ne voulait pas qu'il la prenne pour un bébé, car s'il le faisait, il appellerait un policier et il découvrirait que ce n'était pas la première fois que sa mère oubliait de venir la chercher.

Elle ramassa son livre et s'en servit comme d'un mur pour que le garçon/l'homme ne voie pas ses larmes couler.

CHAPITRE 6

BENJAMIN

IL EST PASSÉ à côté, pour voir si elle lui parlait, elle n'avait pas dit un mot, mais elle avait l'air si triste, puis elle s'est cachée derrière son livre. Il a continué à marcher, puis s'est caché dans les buissons derrière elle pour pouvoir garder un œil sur elle sans qu'elle le sache.

Une fois, se souvient-il, alors que lui et les autres enfants jouaient dehors, un homme était passé. Il s'est arrêté et a parlé à l'une des filles, puis il est revenu avec sa voiture et a essayé de l'attirer à l'intérieur. Benjamin a couru et a raconté à leurs parents d'accueil ce qui s'était passé. Il a même mémorisé le numéro de la plaque d'immatriculation, ce qui leur a permis de le signaler à la police.

C'est l'une des rares fois où ils l'ont écouté et lui et les autres enfants ont été interdits de jouer dans la cour avant.

Cette petite fille se trouvait dans une situation terrible et bientôt elle empirerait quand la nuit serait complètement tombée. Oui, il y avait un lampadaire près du banc, mais il la rendait encore plus vulnérable. Elle était aussi visible qu'un phare dans la tempête.

Il effleura de la main le buisson de feuilles persistantes. La douce odeur de Noël lui rappela des souvenirs du temps passé. Comme le premier Noël chez Abe et El. Ils lui avaient offert plus de cadeaux qu'il n'en avait reçu pendant tous ses Noëls réunis.

Il secoue la tête, se demandant s'il doit appeler la police. Non, il attendra encore un peu. Il voulait se tromper. Il voulait que sa mère revienne la chercher. Il a décidé de lui donner un peu plus de temps.

Il sépara les branches, leurs aiguilles griffues lui donnaient des démangeaisons.

Le père et la mère de Benjamin ne l'auraient jamais laissé seul comme ça. Ils ne l'auraient pas fait exprès. Ils sont morts quand il était petit, ils ont fait de lui un orphelin - sans que ce soit de leur faute. Les accidents arrivent, oui, il connaît les accidents. Un accident expliquerait tout.

La petite fille avait froid et elle grelottait tandis que le soleil descendait de plus en plus bas sur l'horizon.

N'ayant pas de manteau à lui offrir, tout ce qu'il avait à offrir était un visage amical, mais il devait d'abord penser à un plan A. Et une fois ce plan fermement placé dans son esprit, il avait besoin d'un plan B.

Elle s'accroupit derrière les buissons pour réfléchir.

CHAPITRE 7

KATIE

WHOOSH, WHOOSH, ENTENDIT-ELLE ALORS que le vent chatouillait les arbres tandis que le jour se transformait en nuit. Elle entendit des bruits derrière elle, mais elle n'osa pas se retourner. Au lieu de cela, elle a attrapé l'autre main de la poupée et les a serrées toutes les deux contre sa poitrine.

Elle se souvint d'une fois où sa mère avait décidé de lui donner une leçon. Elles étaient allées au cinéma. Elle avait dit qu'elle achèterait plus de pop-corn.

"Ne parle à personne et ne te retourne pas".

"D'accord, maman."

Depuis le dernier rang, ce que Katie ne savait pas, c'est que sa mère la regardait. Elle et un autre homme, pas Mark, ont attendu qu'elle se retourne.

"Ha !", gronde sa mère.

"Ah, laisse-la tranquille", avait dit le cavalier de sa mère lorsque Katie avait éclaté en sanglots.

Plus tard, il a quitté le théâtre et elles ont dû prendre un taxi pour rentrer chez elles.

La mère de Katie a promis de ne plus jamais jouer à ce jeu. Elle s'est entourée de ses bras.

CHAPITRE 8

BENJAMIN

APRÈS AVOIR ÉLABORÉ LES plans A et B dans son esprit, il a réfléchi à ce qu'il allait dire. "Tout va bien se passer", s'est-il murmuré à lui-même. Non, ça sonne faux. " Je vais t'emmener dans un endroit sûr ", murmura-t-il, est-ce que cela l'effraierait ? Après tout, c'était un étranger. C'était une situation délicate, et il ne voulait pas dire la mauvaise chose.

En même temps, il devait aussi penser à sa propre sécurité. C'était un adolescent, sorti tard, dans un parc public. Il surveillait une petite fille et s'assurait qu'elle n'était pas blessée. Pour les autres, sa présence pouvait être mal interprétée.

Sans compter que les garçons seuls dans les espaces publics peuvent se retrouver dans toutes sortes de situations. Surtout si des bandes

de garçons arrivaient et voulaient lui sauter dessus ou provoquer une bagarre.

Une fois, il y a longtemps, il avait été poursuivi sans relâche par une telle bande - il s'en était sorti uniquement parce qu'il avait couru plus vite. Le simple fait d'y penser maintenant lui rappelait toutes les terreurs. Il s'entoura de ses bras.

Il se fixe un délai. Si personne ne vient la chercher dans trente minutes, chuchota-t-il, je lui parlerai.

Lorsque trente minutes se sont écoulées, il a revu ses plans. Plan A, il lui proposerait de l'aider en la raccompagnant chez elle. Plan B, si elle ne connaissait pas son adresse, il lui proposerait de l'emmener au poste de police. De toute façon, il ne quitterait pas le front de mer tant que cette pauvre petite enfant abandonnée ne serait pas quelque part, en sécurité.

CHAPITRE 9

KATIE

Elle s'est redressée, alertée par des bruits de pas au loin. Des talons hauts. Son cœur se gonfle. Sa mère revenait enfin la chercher !

Elle soulève la poupée et regarde le lampadaire au-dessus d'elle. Elle s'imagina que la lumière ruisselait et la réchauffait. Elle aurait aimé y avoir pensé plus tôt, car elle n'avait plus froid. L'imagination est une chose magique ; on peut toujours oublier les mauvaises choses.

Elle se souvint des autres fois où sa mère l'avait quittée. Une fois, elle avait été la seule enfant à rester à l'école à la fin de la journée. L'un des professeurs l'a remarquée et l'a emmenée voir le directeur, comme si elle avait fait quelque chose de mal. Ce n'était pas le cas.

Plus tard, lorsque sa mère est venue la chercher, le directeur s'est emporté.

D'autres fois, sa mère l'avait laissée pendant de longues périodes avec des personnes qu'elle connaissait. Cette fois-ci, c'était différent. Elle était toute seule.

Les talons hauts se rapprochent.

CHAPITRE 10

BENJAMIN ET KATIE

BENJAMIN BRUISSAIT DANS L'ARBUSTE à feuilles persistantes, observant la petite fille. Pour lui, elle était comme une petite sœur, même s'ils ne s'étaient pas rencontrés auparavant. Il était sage au-delà de son âge. Dans le système des familles d'accueil, il devait protéger les autres. Une fois ou deux, il a dû se mettre en danger parce que personne ne voulait l'écouter. Jetant un coup d'œil à son téléphone, il prit une grande inspiration. La deuxième période de trente minutes était terminée. Ensuite, il irait la voir.

Les talons claquent sur le trottoir.

Il sortit la tête des buissons, faisant signe à une branche de s'éloigner. Il voulait voir les retrouvailles heureuses tant attendues. Cette femme n'était pas la mère. Elle a continué à marcher.

Il soupire.

Jusqu'à ce que la femme fasse demi-tour et s'approche de la petite fille sur le banc. Elle s'est penchée et a murmuré quelque chose.

"Je suis désolée, mais je n'ai pas le droit de parler aux étrangers", a dit Katie en se penchant en arrière.

La femme sentait comme si elle avait pris un bain dans le vin rouge puant que maman et Mark buvaient dans des verres de luxe. Elle s'est bouché le nez avec ses doigts.

"Je m'appelle Jenny", dit-elle. "Quel est ton nom ?"

Elle n'a pas parlé, au lieu de cela, elle a continué à se boucher le nez pour éloigner l'odeur.

"Tu es trop jeune pour être ici toute seule. Où sont tes parents ?" La femme regarda autour d'elle et murmura : "Viens me dire ton nom, alors nous ne serons plus des étrangers."

Benjamin n'entendait rien, jusqu'à ce que la femme dise : "Lève-toi !"

Et en un éclair, il était là, comme si une grenade avait été lâchée.

La femme nommée Jenny a tendu la main et a essayé de forcer Katie à la prendre, mais elle se tenait encore fermement le nez d'une main et sur sa poupée de l'autre.

"Te voilà !" dit-il en agitant son index vers elle. "Je t'ai dit de compter jusqu'à dix, et ensuite de venir me trouver !".

"Je," dit-elle, "je suis désolée".

"Tut", dit la femme prénommée Jenny, en fouillant dans son sac à main et en sortant son téléphone. Elle l'a porté à son oreille, a commencé à parler et s'est éloignée. Dans l'obscurité, le bruit du cliquetis de ses chaussures a résonné.

"Ça te dérange si j'attends ici avec toi ?" a-t-il demandé. Elle a acquiescé et il s'est assis sur le banc à côté d'elle. Lorsque le bruit des talons ne peut plus être entendu, il s'assoit sur le banc.

Quand on n'a plus entendu le bruit des talons, il a dit : "PU, je sais maintenant pourquoi tu te tenais le nez !".

"L'odeur est mauvaise, mais le goût est encore pire".

"Tu as déjà goûté du vin ?" demanda-t-il.

"Une fois, c'est un secret. Maman n'est pas au courant."

"Ton secret est bien gardé avec moi", a-t-il dit. "Hum, tu veux que je te raccompagne ?"

"J'attends ma maman. Elle devrait bientôt venir me chercher." Sa voix a vacillé et elle a regardé ses pieds.

"Est-ce qu'il y a quelqu'un que je peux appeler pour venir te chercher ? Quelqu'un d'autre ?"

"Non. Maman vient toujours."

"Ça ne te dérange pas si j'attends ici avec toi alors ?"

"Comme tu veux", dit Katie.

Le trio s'est assis ensemble sur le banc du parc. Une petite fille aux cheveux blonds avec une poupée sosie et un adolescent aux cheveux bruns.

"Comment t'appelles-tu ?", demande cette dernière. "Je m'appelle Katie."

"Je m'appelle Benjamin, mais tu peux m'appeler Benji, si tu veux".

"J'ai vu un film une fois avec un petit chien qui s'appelait Benji. Il avait l'air débraillé, comme toi."

Il se brosse les cheveux avec les doigts.

"Oh, je n'ai pas fait exprès", dit-elle. "Je veux dire que tu n'as pas l'air trop débraillé."

Il a ri et elle a ri aussi. Pendant un moment, ils ont écouté les vagues claquer sur les rochers et ont regardé les étoiles danser dans le ciel au-dessus d'eux.

Elle a frissonné.

"Oh, tu as froid. J'aurais aimé avoir un manteau à te donner."

"Peu importe, c'est l'intention qui compte".

"Tu as raison, c'est la pensée. mais ce sont aussi les actions et les intentions derrière les pensées qui les ont inspirées. Ce que je veux dire, c'est qu'il faut aller jusqu'au bout. Tu comprends où je veux en venir ?" Elle acquiesce.

Ils restèrent assis ensemble en silence pendant quelques instants avant que Benjamin ne reprenne la parole.

"Sais-tu que tu peux penser le contraire de ce que tu ressens, et tout changer ?".

"Je sais que l'imagination est un pouvoir", dit-elle en haussant les sourcils. "Mais comment ?"

"Ah, tu es sceptique ?"

"Je le suis ?", hésite-t-elle. "Qu'est-ce que je suis ?"

"Un sceptique est une personne qui ne croit pas ce qu'elle a entendu - à moins d'en avoir la preuve. Veux-tu que je te montre comment faire, pour tout changer ?"

Elle sourit : "Oui, s'il te plaît !"

Il commença : "Quand j'ai froid, je chante dans ma tête une chanson qui est à l'opposé du fait d'avoir froid..."

"Tu veux dire chaud ?"

Il acquiesce.

"Je ne connais aucune chanson chaude."

"Si tu ne connais pas de chanson chaude, tu en inventes une comme celle-ci :

Il fait ridiculement chaud aujourd'hui,

Ma glace fond.

Alors que le soleil brille

Le soleil brille sur moi.

Le chocolat en fondant.

A un goût encore meilleur

Avec le soleil qui brille

Avec le soleil qui brille si chaudement".

"Je connais l'air, mais les paroles sont différentes", dit-elle.

"Ah, tu as reconnu que je chantais mes paroles à Frère Jacques".

"C'est très intelligent", dit-elle.

"Tu as plus chaud maintenant ?"

Elle avait cessé de frissonner et la chair de poule sur ses bras avait disparu. "Ça marche !"

Ils ont continué à chanter la chanson ensemble, sur l'air de Frère Jacques. Bientôt, chanter sur la nourriture, leur donna à tous les deux faim.

"Tu sais siffler ?" demanda-t-il.

Elle a regardé ses pieds. "Non, mais je n'ai pas besoin de savoir comment - pas si je connais les paroles".

"C'est vrai", dit-il.

Ils se sont remis à regarder le ciel. Quand elle a trouvé l'homme dans la lune, elle a fait semblant de couper un morceau de fromage de son visage.

Elle a fait semblant de casser un morceau de fromage sur son visage. Elle offrit d'abord une bouchée à Benji.

"C'est le meilleur fromage que j'ai jamais goûté".

Elle prit une autre bouchée, "Je suis tellement rassasiée", s'exclama-t-elle en soupirant."

Ils sont restés silencieux pendant un petit moment.

"Tu habites à quelle distance ?"

"Ce n'est pas loin, mais avec ces sandales - elles pincent - on pourrait le croire. En plus, je n'ai pas de clé."

"Oh, oui je vois que tes chevilles ont l'air rouges".

"En plus, ma maman m'a dit de ne pas bouger de cet endroit".

Il croise les bras. "D'accord, on va attendre, mais ce n'est pas sûr pour nous, de rester ici plus longtemps".

"Et ton papa et ta maman ?" demanda-t-elle, commençant maintenant à ressentir à nouveau le froid et chantant la chanson ensoleillée dans sa tête.

"Ils sont au paradis."

"Je suis désolée", a-t-elle dit en lui tapotant la main.

"Ce n'est pas grave, c'est arrivé il y a des années". Il était silencieux, chantant la chanson ensoleillée dans sa tête. "J'ai une idée. Tu pourrais venir chez moi. Tu pourrais dormir dans le lit et je dormirais dans le grand fauteuil confortable. Nous pourrions revenir demain matin, et attendre ta mère à ce moment-là."

"Quand ma maman reviendra, si j'ai bougé d'un centimètre - elle sera fâchée".

"Je t'expliquerai tout. Elle voudrait que tu sois en sécurité. Tu seras en sécurité avec moi."

"Oh", dit-elle en jetant un coup d'œil autour d'elle. "Il fait nuit."

"Oui, et quand il est tard et qu'il fait nuit - eh bien, tu peux te trouver au mauvais endroit au mauvais moment. Des choses terribles peuvent arriver."

Elle croisa les bras, se sentant à nouveau frigorifiée.

"Je ne veux pas te faire peur, mais je pense que je devrais te ramener à la maison. Peut-être que ta maman est déjà là à t'attendre."

"Je ne pense pas, mais..."

"Ça vaut le coup d'essayer", se lève-t-il. "Voyons ce que pense ta poupée." Il fit quelques pas, et se pencha, comme si la poupée lui chuchotait à l'oreille. "Oh oui", dit-il. "Je sais, mais la maman de ton amie comprendrait sûrement. Hmm. Oui."

"Qu'est-ce qu'elle dit ?"

"Elle veut aussi rentrer à la maison. La journée a été terriblement longue." Puis à la poupée : "Mais les pieds de Katie lui font vraiment mal, il faudrait qu'on te laisse ici pour que je puisse la ramener en cochon à la maison."

"On ne peut pas la laisser ici. C'est ma meilleure amie."

"Et c'est une bonne amie, elle te tient compagnie ici toute la journée".

Il a regardé son téléphone, la batterie serait bientôt épuisée. Il ne pouvait pas la porter, elle et la poupée, sur son dos. Devrait-il composer le 911 et demander à la police de venir la chercher ? Marcher jusqu'au poste de police était une option, mais c'était assez loin.

"Tu connais le chemin pour aller chez toi ?"

"Je pense que oui."

"D'accord, Katie, alors je te propose le plan A."

"C'est quoi, le plan A ?"

"Le plan A, c'est que je te ramène en cochon à la maison, pour que tu n'aies pas à marcher et à te faire encore plus mal aux pieds. Si ta maman est à la maison, alors je reviendrai et je t'apporterai ta poupée. Est-ce que ça te convient ?"

"Oui, j'aime bien le plan A."

"Maintenant, le plan B", dit-il. "Si tu as un plan A, tu devrais toujours avoir un plan B aussi".

Elle décroise les bras et acquiesce.

"Le plan B, seulement si ta maman n'est pas là, pourrait aller dans un sens ou dans l'autre".

"Quel chemin me plaira le plus ?" demanda-t-elle, puis elle attendit qu'il réponde.

Il a reconsidéré les options. Devait-il appeler la police, ou la ramener chez elle et revenir le lendemain matin ? Il a expliqué.

"De toute façon, je dois laisser ma poupée ici, n'est-ce pas ?"

"Et si on la cachait là-bas dans l'arbuste à feuilles persistantes ? Ce sera comme si elle t'attendait sous le sapin de Noël ! Ensuite, nous pourrons revenir le matin pour la récupérer. Elle sentira l'odeur de Noël et elle pourra te raconter toute son aventure."

Elle s'est penchée et la poupée a murmuré quelque chose. "D'accord", dit-elle.

Une partie de lui espérait que sa mère serait à la maison. L'autre partie s'inquiétait de la laisser avec une

mère qui ne prendrait pas la peine de venir la chercher. Il entendit la voix d'El dans sa tête. Ne juge pas", disait-elle. Comme toujours, El - il l'espérait - aurait raison.

El était mariée à Abe. Ils étaient ses tuteurs légaux, ses propriétaires et ses employeurs. Depuis qu'il avait quitté le lycée, il passait la plupart de son temps avec eux et il savait qu'ils comprendraient - et qu'ils voudraient l'aider.

Benjamin abaisse son bras et s'incline devant elle. "Ma dame, êtes-vous prête à être transportée chez vous ?"

"J'ai oublié quelque chose", dit-elle, la lèvre en moue.

Il arqua les sourcils : "Qu'as-tu oublié ?"

"Je ne suis pas censée parler aux étrangers".

"Oui, eh bien, nous ne sommes plus des inconnus. Tu connais mon nom et je connais le tien, et je suis ravi de t'offrir le transport jusqu'à ton humble maison." Il mit un genou à terre.

"Lève-toi !" ordonna-t-elle, en ricanant, en se plaçant sur le banc. Benji se retourna, elle jeta ses bras autour de son cou et ils partirent bientôt.

"Attends une minute", ordonna-t-elle en montrant la poupée.

"Oups", dit Benji en ramassant la poupée. Il la cacha sous les buissons à feuilles persistantes.

"Tu as raison", dit Katie. "Ça sent vraiment Noël ici".

"Tu es prête à partir maintenant ?"

Après qu'elle lui a dit ce que c'était, Benjamin a tapé l'adresse de Katie dans son téléphone.

Elle a gloussé. "Ça te dérange si je te pose une question ?"

"Non, vas-y."

"C'est personnel, ça concerne ta maman et ton papa".

"Ça ne me dérange pas, c'est arrivé il y a longtemps. Pose ta question."

"Maman me dit toujours que je ne dois pas être trop personnel."

"Ça ne me dérange pas."

"Est-ce que tu leur parles ?"

Il était surpris. Personne ne lui avait jamais posé cette question. "Non", a-t-il répondu.

"Jamais, jamais ?"

"Non."

"Tourne à nouveau ici." Il s'est retourné. "Tu ne crois pas qu'ils se sentent seuls sans toi ?"

"Je," il ne savait pas comment répondre alors il ne le fit pas pendant quelques minutes. "Ils m'ont laissé, tout seul. C'était un accident, mais..."

"Tu ne leur parles pas parce que tu penses que l'accident est de leur faute ?". Elle s'est serrée plus fort, posant sa tête contre son épaule.

"Je ne leur en veux pas. Ils n'ont pas fait exprès de me quitter, mais oui, je suis en colère."

"Contre Dieu ?"

"J'étais en colère contre tout le monde, puis j'ai rencontré les Julius". Ils m'ont recueilli et m'ont donné un foyer. Ils m'ont aidé à me construire une nouvelle vie. À faire à nouveau partie d'une famille. Ils m'ont même dit que c'était normal de pleurer. En tant que garçon, je n'étais pas habitué à ce que ce soit acceptable. Tu es une petite fille, alors je ne devrais pas t'imposer mes problèmes. Je pense que nous devrions parler d'autre chose."

Le petit ange n'a rien dit pendant quelques minutes. Elle dormait profondément.

Il s'aperçut bientôt qu'elle avait raison en ce qui concerne la distance. Ce n'était pas du tout trop loin.

La première chose qu'il remarqua tout de suite, c'est que sa maison était dans l'obscurité totale. Il avait espéré au moins voir la lumière du porche s'allumer pour accueillir l'enfant à la maison. Au lieu de cela, il faisait nuit noire et il eut du mal à trouver la sonnette.

de trouver la sonnette. Il sonna plusieurs fois, mais comme il s'y attendait, il n'y eut pas de réponse.

Il recula et parcourut des yeux toutes les maisons environnantes, des deux côtés de la rue. Elles aussi étaient plongées dans l'obscurité, bien que pendant une seconde, il ait cru voir un rideau bouger au dernier étage de la maison d'en face. N'ayant pas d'autre choix, il retourna sur ses pas.

La petite Katie n'était pas lourde, mais elle le deviendrait avec le temps et pour arriver chez lui, c'était encore une longue marche. Il était quand même super content de ne pas avoir accepté de trimballer la poupée. Il espérait qu'elle serait suffisamment en sécurité là où elle se trouvait.

Elle releva la tête : "Tu as remarqué ?"

"Quoi ?"

"Parfois, le rideau se déplace de l'autre côté de la rue. Maman dit que nous avons un voisin curieux."

"Oh, je n'ai rien remarqué. Ce sont de gentils voisins quand même ?"

"Je ne sais pas. Maman me dit toujours de ne pas parler aux étrangers."

"Même tes voisins ?"

"Oui, surtout nos voisins fouineurs".

"Bon, Katie, je crois qu'on en est au plan B maintenant."

Elle baille. "Plan B."

"Oui, m'dame", dit-il en accélérant le rythme. Elle ronflait sur son épaule, tandis qu'une sirène retentissait. Il ferma les yeux lorsque la poussière et les bouts de papier furent soulevés par le vent. Un chien aboya au loin.

Elle releva la tête lorsqu'ils arrivèrent devant la porte d'entrée des Julius. "Nous sommes arrivés, dit-il, mais chut, El et Abe sont en train de dormir. Mon appartement est juste là-haut." Il lui a indiqué les escaliers. Alors qu'ils arrivaient en haut, elle ronfla bruyamment. Il lui a enlevé ses sandales à pince, puis l'a bordée dans son lit.

Elle était à moitié endormie, "J'ai envie de faire pipi", a-t-elle dit.

Il lui a montré où se trouvait la salle de bain puis est allé dans la kitchenette où il leur a préparé des sandwichs au fromage grillés et du cacao chaud.

"Où es-tu, Benji ?" a-t-elle demandé en sortant de la salle de bain.

"Juste ici", a répondu Benjamin en portant les sandwichs et le cacao sur un plateau.

Après avoir mangé, Katie a poussé le plus grand des bâillements et s'est installée pour s'endormir. Il la borda et remarqua qu'elle dormait déjà profondément.

Il a retiré ses chaussures et ses chaussettes et s'est jeté une couverture sur le fauteuil confortable. Lui aussi s'est endormi en un rien de temps.

CHAPITRE 11

BENJAMIN ET ABE

L E MATIN, LORSQUE LA première lueur a pénétré à travers les rideaux, Benjamin s'est réveillé. Il s'étira et oublia pendant une minute pourquoi il dormait sur le fauteuil confortable. La couverture se détacha de lui et tomba sur le sol en une masse. Il se leva, et bien qu'il soit un jeune homme, son corps lui faisait mal. Il faudrait qu'il renomme le fauteuil, car il ne le considérait plus comme un fauteuil confortable.

Il secoua ses courbatures, puis ses yeux se posèrent sur Katie. Il murmura son nom, bien qu'elle ronflât. Comme si elle savait qu'il pensait à elle, elle a levé la main. Il s'est dit qu'elle devait rêver de l'école. Elle marmonna quelque chose d'inaudible, baissa la main et se tourna face à la fenêtre pour se rendormir.

Benjamin la laissa dormir, laissant la porte entrouverte pour pouvoir l'entendre si elle se réveillait.

En s'éloignant de sa porte, il se demanda si elle était le genre d'enfant - comme lui l'avait été - qui prenait peur en se réveillant dans un endroit inconnu. Comme elle avait mentionné que sa mère la confiait souvent à d'autres personnes - mais qu'elle revenait toujours la chercher - il préférait jouer la carte de la prudence, au cas où.

Il se mit en ordre dans la salle de bains, puis fit bouillir la bouilloire dans la kitchenette. Il avait envie d'une tasse de thé chaud et sucré, et de tartines beurrées.

Pendant qu'il attendait, il pensa aux familles et au fait que les questions de Katie avaient réveillé des problèmes non résolus dans son esprit.

Ses parents étaient morts, le laissant orphelin. Il se rendit compte qu'il leur reprochait de l'avoir abandonné, même si ce n'était pas de leur faute. Comme il n'avait pas d'autres parents de sang, il a été placé dans une famille d'accueil. Il s'était

s'était renfermé sur lui-même, s'était protégé dans ce système après sa première expérience dans un foyer violent.

Après cette expérience, il était passé du statut d'enfant en deuil à celui d'enfant terrifié. Puis, au lieu de le placer dans un foyer sûr, ils l'ont placé dans un foyer encore pire. Puis dans un autre et encore un autre. Il pensait qu'il méritait la malchance à l'époque, mais il savait maintenant qu'il aurait dû être protégé là-bas. Au lieu de cela, il n'avait personne à qui faire confiance, et il s'est mis en mode combat ou fuite. Comme il était trop petit pour se défendre contre tous les adultes et les autres enfants des foyers, c'est ce dernier qu'il a choisi. C'est peut-être pour cela qu'il a ressenti le besoin de blâmer ses parents après tant d'années, parce qu'il devait blâmer quelqu'un d'autre que lui-même.

Après sa fuite, ils l'ont rattrapé et l'ont à nouveau placé dans un foyer où il a été maltraité physiquement et mentalement. Dans certains cas, il préférait le physique au psychologique. Et de nouveau, il s'est enfui en s'efforçant de ne plus jamais faire confiance à personne.

Puis, par pur hasard, il est tombé sur El et Abe. Ils se promenaient le soir et se tenaient la main. Ils étaient âgés, peut-être deux fois l'âge de ses parents. Lorsqu'il leur a ouvert son cœur, El l'a pris dans ses bras. Elle lui a donné à manger. Abe l'a écouté. El l'a invité à venir passer une bonne nuit de sommeil dans leur chambre d'amis. Depuis, il n'a jamais quitté leur maison, sauf lorsqu'il a quitté la chambre d'amis pour s'installer dans son propre appartement. C'était le jour de son treizième anniversaire.

Tout en remuant son thé et en ajoutant du sucre, il pensa à la mère de Katie. Était-elle revenue ? Serait-elle encore là quand Katie se réveillerait ? Il l'espérait. Il espérait qu'elle serait si heureuse que sa fille soit saine et sauve. Si heureuse et si soulagée qu'elle ne l'abandonnerait plus jamais. Mais les mauvais parents restent toujours de mauvais parents. Les léopards ne changent pas de tache.

Il imagine la mère de Katie découvrant la poupée cachée dans les buissons. Est-ce qu'elle paniquerait et appellerait la police ? Ses empreintes seraient partout. Pourtant, il

ne changerait rien, même s'il le pouvait, car tout ce qu'il voulait, c'était l'aider.

Tenant sa tasse, il fait les cent pas. Il aurait peut-être dû emmener l'enfant au poste de police. Maintenant, il risquait de se retrouver dans l'embarras. Même lorsque les adolescents disent la vérité, les adultes ne les croient pas. Pas s'il y a un autre adulte impliqué.

Il but une autre gorgée lorsque quelqu'un frappa à la porte de son appartement. C'était M. Julius, Abe, son tuteur, son propriétaire et son patron. "Viens avec moi, chut", a-t-il dit alors qu'Abe le suivait dans l'escalier menant à son appartement. Benjamin a montré à Abe un aperçu de Katie endormie. Comme elle avait enlevé les couvertures d'un coup de pied, il est entré sur la pointe des pieds et les a remises sur elle. En silence, ils sont retournés dans la cuisine.

"Qui est-elle ?" demande Abe.

Benjamin hésite, se demandant par où commencer. "Elle s'appelle Katie, et sa mère n'est pas venue la chercher au bord de l'eau hier.

au bord de l'eau hier. Je ne savais pas quoi faire d'autre, alors je l'ai amenée ici."

Abe dit à Benjamin qu'il aurait dû l'emmener directement au poste de police.

Benjamin secoue la tête. "Elle était trop fatiguée et effrayée." Il s'est levé, a débranché son téléphone qui se rechargeait, "je peux les appeler maintenant".

"Attends", dit Abe. "Réfléchissons-y maintenant qu'elle est là." Ils ont siroté davantage de thé en silence. "Tu as fait ce qu'il fallait. Je suis fier de toi."

"Katie et moi avons parlé de l'emmener au commissariat hier soir. Nous avons décidé d'attendre, de donner une autre chance à sa mère ce matin. Aussi, nous avons laissé sa poupée là-bas. Elle est grandeur nature, une des importations de Noël que vous vendez."

Abe sourit. "Oh vraiment ? Je ne me souviens pas d'elle, mais peut-être qu'El s'en souviendra. Cependant, je suis sûr que nous ne sommes pas la seule entreprise à vendre ces poupées."

"C'est vrai", dit Benjamin. "Encore du thé ?"

Abe acquiesce puis après un moment de silence. "Je suppose que chaque parent mérite une seconde chance, mais si elle ne se présente pas ce matin, alors j'appelle la police".

Benjamin ajoute encore du thé dans la tasse d'Abe. Il a hésité, puis a chuchoté. "Si la mère de Katie a signalé sa disparition après que je l'ai amenée ici, ils me chercheront. Ils pourraient même m'arrêter si je retournais chercher la poupée."

"Attends une minute", dit Abe. "Est-ce que quelqu'un t'a vu ?"

"Une femme, qui a essayé de convaincre Katie de l'accompagner."

"Et personne d'autre ?"

"Un officier a discuté brièvement avec elle plus tôt dans la journée, mais il n'est pas revenu. Il ne m'a pas vu avec elle."

"Ça ne sert à rien de s'inquiéter des "pourrait" et des "pourrait"", dit Abe. "Tu ne pouvais pas la laisser là toute la nuit. C'est de la négligence pure et simple, sans parler d'un crime de la part de sa mère. Si tu ignorais l'enfant, tu serais complice." Il boit une gorgée. "Bien que tu aies fait ce qu'il fallait, l'enlèvement dudit enfant est aussi un crime".

Benjamin déglutit : "Je, je, l'ai amenée ici, en sécurité."

Abe tapota le dos de la main de l'adolescent. "Je sais, et tu le sais, mais la police croira-t-elle à ton histoire ?"

Benjamin retira sa main en se levant. Il se met à faire les cent pas. "Quand elle se réveillera, je l'emmènerai directement à l'endroit où sa mère l'a laissée. Je m'expliquerai avec sa mère. Elle comprendra. Je lui ferai comprendre."

Abe se lève aussi. Il prend sa tasse et la rince. "Ce serait courageux. Mais que se passera-t-il si la mère négligente t'accuse d'avoir pris sa fille pour se tirer d'affaire ?

pour se sortir d'affaire ? Je veux dire si elle a signalé sa disparition. As-tu réfléchi à ce qui se passerait, dans ce cas ?"

Benjamin s'est assis et a posé ses mains de chaque côté de sa tête. "Alors que dois-je faire ?"

"Va au bord de l'eau et récupère la poupée. Si la mère est là, alors c'est excellent ramène-la ici avec toi. Sinon, reviens et laisse-moi m'en occuper avec le sergent Miller au commissariat. Tu te souviens d'Alex Miller ?

"Oui. Merci, Abe.

"Toi, qui", appelle El depuis l'étage inférieur.

"Viens voir", a dit Benjamin, "monte à l'étage". Quand elle a été en haut, il a posé son doigt sur ses lèvres, "chut". Elle a acquiescé et ils sont entrés sur la pointe des pieds dans la chambre d'amis où Katie dormait encore à poings fermés.

"Un enfant. Qu'est-ce que c'est que ça ?"

"Ne t'inquiète pas, je la mettrai au courant des détails. En attendant, dit Abe, tu vas au bord de l'eau pendant que l'enfant dort. Si sa mère n'est pas là, reviens directement."

Benjamin acquiesce. "Merci, Abe et El. Je vais courir."

Abe a tout expliqué à sa femme. "Je suis curieux de savoir si la mère a déjà fait ce genre de choses dans le passé".

"C'est ce que je me demandais aussi", dit El.

Pendant ce temps, Benjamin a couru jusqu'au bord de l'eau où il a récupéré la poupée. Son téléphone a vibré.

"Aucun signe de la mère ?" Abe lui envoie un texto.

"Non, mais j'ai la poupée. Je reviens maintenant."

Abe lui a envoyé un emoji de pouce levé. Il dit à El : "Aucun signe de la mère de l'enfant et je dois me préparer pour l'ouverture du magasin".

"Je vais rester ici avec elle", dit El. Elle s'est assise dans le fauteuil pendant que Katie continuait à dormir. Un peu plus tard, El est allée se ranger en prévision de son service.

CHAPITRE 12

KATIE ET BENJAMIN

KATIE ET SA POUPÉE étaient côte à côte sur une immense grande roue, qui tournait en rond. Lorsqu'elle est arrivée au sommet, elle s'est arrêtée, tandis que leurs jambes se balançaient sur le bord. Elle s'est agrippée à la barre. Pendant une seconde, elle s'est sentie en sécurité. Jusqu'à ce que la barre se dissolve entre ses doigts et que la voiture se mette à osciller. D'avant en arrière, puis d'un côté à l'autre. Au loin, le vent a hurlé, puis un chien a hurlé. La poupée a commencé à glisser. Elle a tendu la main pour l'attraper, et le chariot a basculé, et ils sont tombés.

Elle a crié !

À ce moment-là, Benjamin est revenu. Il s'est précipité dans la pièce. "Réveille-toi Katie", dit-il. "Tu fais un mauvais rêve."

Une fois qu'elle a réalisé qu'elle était en sécurité, Katie a jeté ses bras autour de lui et s'est accrochée à sa vie. Quand sa respiration s'est ralentie, elle a baillé et a dit : "Je suis affamée !".

"Ça tombe bien puisque tu es invitée à prendre le petit déjeuner avec Abe et El, viens".

Ils quittèrent l'appartement de Benjamin et entrèrent dans la maison. Dans la cuisine, Benjamin a plongé huit œufs dans une casserole d'eau bouillante. Il a demandé à Katie de s'occuper du grille-pain, car ils auraient besoin de huit tranches.

"J'adore les soldats du pain grillé !" s'exclame Katie. Lorsque le pain a été grillé, Benjamin l'a beurré. Il l'a coupé en lanières : la taille parfaite pour le tremper dans les jaunes d'œufs coulants.

"De quoi rêvais-tu ?" demande Benjamin. "Parfois, il vaut mieux partager un mauvais rêve. Si tu en as envie."

"Je, je ne veux pas y penser", dit Katie en s'installant à la table de la cuisine.

Madame Julius, El, a passé la tête dans la cuisine. "Bonjour", dit-elle en lui adressant un sourire.

Katie repousse sa chaise, court vers El et passe ses bras autour de la taille de l'étrangère. Elle l'a serrée fort, comme si elles s'étaient déjà rencontrées.

El lui a tapoté la tête pendant un long moment, luttant contre les larmes, puis l'a poussée vers la table.

Benjamin regardait, comprenant ce que ressentait Katie. El, avait ce genre de visage, ces yeux, d'où jaillissaient la gentillesse, la douceur. Il s'était tout de suite pris d'affection pour elle, et maintenant Katie faisait de même.

"Bon, je ferais mieux d'apporter ça à la boutique pour qu'Abe puisse prendre un goûter", dit El. "Tu sais à quel point il déteste travailler seul dans le magasin. Le samedi est notre jour le plus chargé. Cette friandise sera une surprise bienvenue."

Benjamin apporta les œufs dans des coquetiers sur la table.

El a refermé la porte derrière elle en sortant.

"C'est une gentille dame, n'est-ce pas ?"

Katie rayonnait à la fois avec ses yeux et son sourire. "Oui, c'est ma première amie instantanée".

Benjamin secoue la tête. "Amie instantanée - c'est nouveau pour moi." Il toucha le dessus d'un des œufs, ils étaient encore trop chauds pour être ouverts.

Katie a pris une grande inspiration, puis a fermé les yeux. Elle les a rouverts. "Est-ce que je t'ai fait de la peine ? Parce que toi et moi n'avons pas été des amis de la première heure ?"

Benjamin sourit. "Pas du tout". Il a ouvert le premier œuf. "Je me demandais juste." Il a mis un peu de beurre et de sel sur l'œuf, puis il en a cassé un autre et a fait la même chose.

"Je n'ai jamais rencontré ma grand-mère. El, ressemblait à la grand-mère que j'avais dans la tête - c'est pour ça que c'est une amie immédiate."

"C'est logique."

El est revenue et toutes les trois ont trempé leurs soldats de pain dans les œufs coulants.

"Tu es vraiment une excellente cuisinière", a dit Katie.

Il a souri pendant qu'ils nettoyaient et mettaient la vaisselle sale dans le lave-vaisselle. "On va se mettre en route. N'oublie pas que nous avons des choses à faire."

"Et des endroits à voir", a-t-elle gloussé.

"Je suis content que tu sois là", a dit El.

***

BENJAMIN PEIGNE LES CHEVEUX de Katie dont il remarque qu'ils sentent le miel et la cannelle.

"Je parie que ma maman me cherche. On peut aller la chercher maintenant au bord de l'eau ?"

Avec un sourire, Benjamin est sorti de la chambre en demandant : "Tu n'as pas oublié quelqu'un ?" Il est revenu quelques secondes plus tard en cachant quelque chose dans son dos. "Voilà !" s'exclame-t-il en révélant la poupée à Katie.

Elle jeta ses bras autour de son cou, roucoulant et chuchotant à quel point sa jumelle lui avait manqué. Benjamin avait raison, sa poupée sentait le matin de Noël, et c'était une bonne chose. Ce qui était moins bien, c'est qu'elle se sentait un peu détrempée à certains endroits. Elle fait la grimace.

"Ah, tu as remarqué qu'elle est un peu humide", dit Benjamin. "Amène-la ici près de la bouche d'aération et elle sera comme neuve en un rien de temps".

Ensemble, ils placèrent la poupée près du radiateur, puis Benjamin, suggéra. "Ça te dirait d'apprendre à te brosser les dents avec ton doigt ? Jusqu'à ce qu'on t'achète une brosse à dents ?"

Katie a couiné et s'est amusée à apprendre. Après, Benjamin a lacé ses sandales.

"Ta maman n'était pas là, au bord de l'eau, quand j'ai récupéré la poupée ce matin".

Sa lèvre inférieure est sortie. Elle tremble.

Il a regardé ses pieds. "Ne t'inquiète pas. Monsieur Julius, je veux dire Abe, a un ami qui travaille au poste de police."

"Oh, non", a dit Katie.

"Qu'est-ce qu'il y a ?"

"Ils vont le découvrir."

"Découvrir quoi ?"

"Je ne peux pas te le dire, mais je ne veux pas que ma maman ait des problèmes".

"Ne t'inquiète pas, l'ami d'Abe est un homme gentil. Il saura comment t'aider. En attendant, toi et moi, on peut traîner avec El aujourd'hui."

L'enfant acquiesce.

"Elle te laissera peut-être même aider au magasin, comme une grande fille".

Katie sourit. Pour le moment, elle était distraite de ses problèmes.

CHAPITRE 13

ABE ET SGT. MILLER

ABE DEMANDE à sa femme de s'occuper du magasin et se met déjà en route à pied pour aller voir son ami au poste, le sergent Alex Miller. Il avait reconsidéré le projet de l'appeler. Une visite en personne serait préférable puisqu'ils étaient des amis de longue date.

Lorsqu'ils se sont rencontrés pour la première fois, il y a des années, Alex était un jeune officier et un débutant. Abe travaillait dans son magasin lorsque deux hommes armés sont entrés en trombe et ont volé l'argent de la caisse. Abe s'en est tiré avec un léger coup sur la tête. Il était tellement reconnaissant que sa femme soit allée chez les grossistes ce jour-là.

Après avoir contacté la police, celle-ci a envoyé Alex avec un officier plus expérimenté. Le policier le plus âgé a suggéré à Abe d'engager quelqu'un pour surveiller la porte. Il a dit que c'était

Il a dit que c'était soit cela, soit payer pour un système de sécurité coûteux. Abe ne pouvait se permettre aucune de ces deux options. Ils ont rempli un rapport et sont partis, mais Alex est revenu. Il a proposé de travailler au noir - contre rémunération. En tant que jeune officier, ils ne lui envoyaient pas beaucoup d'heures de travail.

Abe accepte de payer Alex deux heures par jour et ils deviennent amis. Quelques mois après le début de leur collaboration, un autre magasin situé sur la même rue que celui d'Abe a été cambriolé. Alex a appréhendé les deux criminels tout seul. Plus tard, Abe les a identifiés dans une séance d'identification et les voyous ont été envoyés en prison.

Après cela, Alex a commencé à monter en grade. Abe et lui sont restés en contact, et quand Alex s'est marié, El et lui ont assisté à la cérémonie. Lorsqu'ils ont eu leur premier enfant, El et lui ont été invités au baptême. Une petite fille suivie de deux garçons, des jumeaux. Au fil des ans, Abe et El ont assisté à Noël et à Thanksgiving dans la maison des Miller.

Puis, lorsque Benjamin est entré dans leur vie et qu'Alex a été promu sargent, ils ont perdu le contact en ce qui concerne les questions familiales, mais ils ont tout de même réussi à se rencontrer à l'occasion des fêtes de Noël.

Ils ont perdu le contact en ce qui concerne les questions familiales, mais ils ont quand même réussi à se retrouver de temps en temps pour une tasse de café.

En arrivant au poste de police, il demande à l'accueil de rencontrer le sergent Miller qui, lui dit-on, n'est pas disponible. Abe reste assis dans la salle d'attente pendant un petit moment, jusqu'à ce qu'il aperçoive un panneau d'affichage de l'autre côté de la pièce sur lequel figurent des photos d'enfants. Enfants disparus.

Abe s'est approché pour regarder de plus près après avoir nettoyé ses lunettes. Aucun des enfants n'avait de longs cheveux blonds. Satisfait que l'enfant nommée Katie ne fasse pas partie de ceux qui figurent sur l'affiche, il se rassied.

Le sergent Miller arrive et les deux amis se serrent la main. Miller leur a proposé de s'éloigner du poste dans un café accessible à pied. "Nous ne serons pas dérangés là-bas, et j'aurais bien besoin d'une pause".

Ils se sont assis dans la cabine d'un café, Abe a demandé comment tout le monde allait à la maison.

"Ça fait un moment, mon vieil ami, n'est-ce pas ? Ils vont bien, merci", répond Miller. Il ouvre son téléphone et montre à Abe une courte vidéo de la cérémonie de remise des diplômes du lycée de ses jumeaux. "Henry veut être médecin", dit Alex avec fierté. "Jimmy veut être avocat." Il a feuilleté d'autres photos puis s'est arrêté. "Et Jenny, pourquoi elle et Will viennent de nous donner notre premier petit-enfant. C'est une vraie beauté." Il laissa la photo ouverte pour qu'Abe la regarde et retourna à la préparation de son café en ajoutant deux crèmes et un édulcorant.

"Ah, elle est vraiment très mignonne. Félicitations à toi et à ta femme pour être pour la première fois grands-parents." Il a bu une gorgée de son café. "Oh, et le métier de médecin est une profession très respectée, tout comme celui de juriste. Les deux sont des choix de carrière plus sûrs que ton métier." Il a ri puis il a remué sa tasse de café.

"C'est sûr", acquiesce Alex en buvant une gorgée. Le café fort lui brûlait la lèvre, mais il a quand même pris une autre gorgée.

"Le monde devient de plus en plus dangereux", a-t-il poursuivi, "et j'espère prendre ma retraite dans un avenir assez proche. De plus, je ne veux pas m'inquiéter de voir mes fils risquer leur vie alors que je peux enfin me reposer et me détendre."

Les deux amis ont siroté et trempé leurs beignets dans leurs cafés.

"Alors, qu'est-ce qui t'amène à me voir aujourd'hui ?" demande Alex en jetant un coup d'œil à sa montre. "J'espère que ta femme ne te cause pas d'ennuis".

Abe sourit. "Non." Il hésite. "J'ai un ami."

"Oh, non, pas le gag du j'ai un ami".

Abe continue : "J'ai un ami", dit-il en souriant, "qui est un peu dans le pétrin".

"Dis-m'en plus."

"Il a trouvé un enfant, au bord de l'eau, hier soir, assis tout seul. Abandonnée par sa mère. Il l'a mise en sécurité."

"Ton ami est un bon citoyen", dit Alex. "Alors, dans ce scénario, comment puis-je aider ?"

"Mon ami se demande, s'il ne risque pas d'être un peu dans l'eau chaude pour s'être impliqué dans la situation. Il n'a pas l'âge requis et l'enfant était trop traumatisée pour l'amener au commissariat. Si mon ami se manifestait maintenant, aurait-il des ennuis pour avoir retardé le rapport ?"

Alex réfléchit à la question. "A quel point connais-tu ce garçon ?"

Abe se redresse : "Tu te souviens de Benjamin ?"

Alex finit de boire son café. La serveuse est revenue et leur a demandé s'ils voulaient autre chose. Quand ils ont refusé tout sauf l'addition, elle a débarrassé les tasses.

"Oh, oui, je me souviens de lui. Un gentil garçon bien élevé qui apprécie la chance qu'il a de faire partie de votre famille."

"Il a toujours été comme un fils pour nous", dit Abe. "Et en parlant de famille et d'enfants, je me demandais quelque chose".

"Je t'écoute."

"J'ai vu une émission l'autre soir, Matlock, tu t'en souviens ?".

"Oui, c'est un peu dépassé quand même - surtout ses costumes blancs". Miller rit.

"Oui, je me souviens de l'époque où ils étaient populaires - les costumes blancs et les guêtres. Oui, je suis aussi vieux que ça."

Il rit, puis poursuit . "Dans l'émission, il est dit qu'une personne ne peut pas signaler la disparition de son enfant avant vingt-quatre heures. C'est une émission américaine, comme tu le sais, mais je me demandais si c'était pareil ici."

"Au Canada, on peut signaler la disparition d'un enfant à tout moment. Il n'y a pas de période d'attente."

"Oh, je ne le savais pas", dit Abe. "Intéressant."

"La plupart des gens pensent que c'est vingt-quatre heures", dit Alex. "Cette désinformation est à mettre au crédit des rediffusions et des fake news".

Abe rit. "Est-ce que quelqu'un a signalé la disparition d'un enfant alors, je veux dire ici en ville depuis hier ?".

"Pas à ma connaissance", répond Alex. "Il se peut que je ne sois pas encore au courant. Parfois, les choses arrivent au compte-gouttes au commissariat." Il s'est penché plus près. "J'ai besoin de savoir - où est l'enfant maintenant ?"

"Benjamin nous l'a présentée ce matin. El fait toute une histoire, comme tu peux l'imaginer."

Le sergent Miller acquiesce alors que son téléphone sonne. On avait besoin de lui au poste de police.

Il a demandé si un enfant, une petite fille avait été porté disparu au cours des dernières vingt-quatre heures, aucun ne l'avait été. Il se déconnecte. "Aucun nouveau signalement d'enfant disparu".

"Euh, je vois", dit Abe. "Qu'est-ce qu'on fait maintenant ?"

Miller dit : "Si vous l'amenez au poste, nous nous occuperons d'elle jusqu'à ce que les services de protection de l'enfance interviennent."

"Elle s'est si bien installée avec nous".

"Oui, la laisser avec vous pour l'instant pourrait être la meilleure option. Pendant que nous enquêtons. Je ne voudrais pas qu'elle soit envoyée prématurément dans une famille d'accueil. Surtout s'il s'agit d'une première infraction."

"Nous la garderons en sécurité."

"Je sais que vous le feriez, mais il faut que je vérifie avec mon patron. De mon point de vue, il est probablement préférable de la laisser là où elle est." Il se lève. "Y a-t-il autre chose que tu veuilles me dire, avant que je ne me renseigne ?".

"Benjamin est retourné au bord de l'eau aujourd'hui dans l'espoir que la mère de l'enfant soit là - ce n'était pas le cas."

"C'est une bonne chose qu'elle ne soit pas revenue", dit Miller. "Il faut enquêter sur cette affaire. Pour voir si elle est une récidiviste." Il vérifie à nouveau l'heure. "Quel âge a l'enfant ?"

"Je n'en suis pas certain, mais je m'attends à ce qu'il ait sept ou huit ans".

Miller a quitté le café en parlant sur son téléphone et est revenu quelques minutes plus tard. "Elle peut rester avec vous pour le moment. En attendant, je vais demander à mes agents de garder un œil sur une femme qui erre au bord de l'eau. Tu as une idée de ce à quoi elle ressemble ?"

"Non, il faudrait que tu parles à Benjamin. Ou je peux lui demander pour toi et te le faire savoir ?"

"Bien sûr, renseigne-toi et envoie-moi un texto." Il tendit la main, qui fut accueillie chaleureusement.

"Merci", dit Abe.

Miller a ajouté : "Quoi qu'il arrive, ne remets pas l'enfant. Si la femme se présente, bloque-la et appelle-moi. N'importe quand, vingt-quatre heures sur vingt-sept. Je veux lui parler - lui dire pourquoi. Je veux aussi m'assurer qu'elle est réglo et qu'elle comprend les erreurs qu'elle a commises. Si nécessaire, je ferai intervenir les services sociaux."

Abe a dit qu'il enverrait la description de la femme par texto dès que possible.

"C'est bien", dit le sergent Miller, alors qu'ils se séparent à l'extérieur du café.

Abe, au lieu de rentrer directement chez lui, est allé au bord de l'eau. Il s'est assis sur un banc et a écouté les mouettes et les vagues. Après trente minutes passées à ne voir personne, il est retourné à la boutique où sa femme est sortie pour l'accueillir.

"Aussi bon que de l'or", dit El en embrassant son mari d'abord sur la joue gauche, puis sur la joue droite.

Il remarqua que sa femme avait du ressort dans la démarche et que ses joues étaient rougies. Cela lui rappelait l'époque où ils s'étaient fait la cour pour la première fois.

✳✳✳

APRèS AVOIR RATTRAPé EL au sujet de sa rencontre avec le sergent Miller, Abe demande aux enfants ce qu'ils regardent à la télévision.

"C'est Bob l'éponge", répond Katie. "Il est drôle."

"Euh, vous pourrez raconter à Benjamin ce qui s'est passé plus tard, si vous êtes d'accord. Car j'aimerais lui parler dehors un moment ou deux."

Elle acquiesce.

"Tu as trouvé quelque chose, au commissariat ?" Benjamin s'est enquis après avoir refermé la porte derrière lui.

"Je te raconterai tout dans un instant, mais pour l'instant, le sergent Miller veut que je lui transmette une description de la mère de Katie par texto." Il tend son téléphone à Benjamin. "Tu vas de l'avant et tu tapes les informations. Tu es plus rapide pour taper."

Benjamin a cliqué : Bonjour sergent Miller. Ici Benjamin. La mère de Katie portait une robe sombre sans manches, un foulard rouge et des chaussures à talons hauts. Ses cheveux étaient sombres, presque noirs et elle portait des lunettes de soleil foncées hier quand le soleil était de sortie."

"Taille ?" Miller répond.

"Environ 1,70 m - sans les talons".

"Merci. S.A.M."

Benjamin a renvoyé un emoji de pouce levé. "Alors, dis-moi ce que tu as découvert sur Katie".

"Au début, j'ai abordé le sujet comme une hypothèse. On a discuté, puis je l'ai renseigné sur les détails."

"D'accord, c'est juste."

"Je peux confirmer", dit Abe, "qu'elle n'a pas encore été portée disparue".

"Quelque chose a dû arriver à sa mère. J'espère qu'elle va bien."

"Le sergent Miller, Alex, a dit que tu avais bien fait de l'amener ici. Ses officiers vont garder un œil sur la mère. Si elle se montre, ils l'emmèneront pour l'interroger. S'il y a des nouvelles de Katie, ils nous le feront savoir."

"Merci encore, Abe."

"Comme c'est samedi et que Katie n'a pas besoin d'aller à l'école, c'est une bonne chose. Avec un peu de chance, tout sera réglé avant lundi et elle retournera en classe comme si de rien n'était."

"Oui", dit Benjamin, en pensant déjà à combien elle lui manquerait quand elle ne serait plus là.

El arriva dans le couloir et le trio chuchota ensemble.

"Nous, Abe et moi, pensons qu'elle serait plus à l'aise dans la chambre d'amis".

Benjamin avait l'air déçu et son regard s'est posé sur le sol.

El lui toucha le bras. "Je peux la surveiller quand vous vous occupez du magasin. Nous pourrons faire des trucs de filles."

Abe s'interpose : "Tu as aussi besoin de dormir, Benjamin, et cette vieille chaise n'est pas adaptée pour dormir."

"Ça fait des années qu'on veut faire remplacer cette vieille chose".

"C'est sur ma liste de choses à faire", dit Abe. "Je m'arrangerai pour le retapisser un de ces jours."

"Tu ferais mieux de le jeter à la poubelle ou de t'en servir comme bois de chauffage. J'ai l'intention d'arranger un peu la pièce. Ces étagères ont aussi besoin d'être remises à neuf."

"Je l'ajouterai à la liste."

El l'embrasse sur le front. "Ce serait bien de rendre la chambre plus féminine".

"Elle n'est là que pour peu de temps."

"Je sais, je sais. Mais cela me fait penser à ma petite sœur Sammy. Samantha. Les bêtises qu'on faisait ensemble." Elle a jeté un coup d'œil à son mari. "J'ai toujours voulu avoir une petite fille à moi - c'est la meilleure chose à faire. Même si ce n'est que pour un petit moment."

Abe a passé son bras autour d'elle. "J'ai compris, vous voulez jouer ensemble".

El l'a embrassé sur la joue et ils se sont serrés tous les trois dans un câlin collectif.

Lorsqu'ils se sont séparés, Abe a demandé : "Est-ce que Katie connaît son adresse ?"

"Elle la connaît et nous avons vérifié hier soir. Il n'y avait personne à la maison et elle n'a pas de clé. C'est sur la rue Ontario, au numéro 74."

Abe a appelé Google maps sur son téléphone et a entré l'adresse avec le projet de se rendre à la maison. Après avoir jeté un coup d'œil, il communiquera l'adresse à son ami, le sergent Miller. "L'enfant aura besoin de choses", dit Abe en donnant sa carte de crédit à Benjamin. "Achète des vêtements décontractés, un pyjama, des chaussures décentes, des chaussettes et des sous-vêtements. Et une brosse à dents."

Benjamin rangea la cuisine pendant qu'Abe bavardait sur sa visite au poste de police. "Oh, et encore une chose, si Katie voit sa mère, ou vice-versa, elle ne doit pas lui être rendue. Ils veulent d'abord parler à la femme au poste."

Katie est entrée dans la cuisine : "Est-ce que ma maman a des problèmes ?"

"Non, non ma chérie", dit Benjamin. "La police veut s'assurer qu'elle va bien, c'est tout". Il lui ébouriffe les cheveux. "Maintenant, lave-toi le visage et brosse tes cheveux". Elle est allée dans la salle de bain et a fermé la porte.

"Et si sa mère fait une scène ? Je veux dire, si elle me voit, moi, un étranger avec sa fille ?"

Abe chuchote : "Elle a abandonné sa propre fille. N'importe qui aurait pu la prendre, alors je doute qu'elle fasse une scène." Il vérifie que Katie n'est pas sortie. "De plus, la pauvre femme n'a peut-être pas toute sa tête. Si elle voit l'enfant, appelle la police et ne bouge pas. Demande le sergent Miller. Il se souvient de toi et il y veillera."

Benjamin s'est assis et est resté silencieux.

"Je vois que nous t'avons inquiété", dit Abe. "L'enfant saura ce qu'elle aime et ce dont elle a besoin, et le personnel vous assistera".

Benjamin regarda ses pieds, il ne savait rien de l'achat de vêtements pour une petite fille.

El a dit : "Voulez-vous que je vienne avec vous ?" Elle a regardé son mari. "Si tu es d'accord ? C'est après 15 heures, donc, il n'y aura pas encore terriblement de monde."

Benjamin acquiesce. "S'il te plaît, Abe."

Katie imite les mots de Benjamin. "S'il te plaît, Abe."

Incapable de résister, Abe acquiesce.

"Nous allons faire des courses, pour toi", dit Benjamin. "Toi, El et moi."

Katie a poussé un cri de joie.

CHAPITRE 14

JOURNÉE DE SHOPPING

EN PEU DE TEMPS, Katie avait tout ce qu'il y avait sur la liste.

"Maintenant, allons manger quelque chose", propose El.

Ils sont entrés dans un café de la rue principale. Katie a commandé un milkshake à la fraise, El a demandé un thé fort et Benjamin un coca avec des glaçons.

Elle a siroté son milkshake. "Tu veux me demander quelque chose, n'est-ce pas El ?"

El acquiesce. "Comment as-tu connu cet enfant ?"

"Ce n'est pas grave si tu me le demandes. Ça ne me dérange pas."

El a hésité puis a demandé : "Quelle est ta couleur préférée ?"

Katie rit, ce n'est clairement pas la question à laquelle elle s'attendait. "Je n'ai pas de couleur préférée. Pourquoi en choisir une, alors qu'il y en a tant ?"

El a souri. Ce n'est pas la réponse qu'elle attendait.

"J'ai une question", demande Benjamin. Il a hésité pendant qu'El et Katie attendaient. "Qui a acheté la poupée pour toi ? C'était ta mère ?"

Katie a bu une nouvelle gorgée de milkshake à travers sa paille. "C'est lui", dit-elle.

El s'est penchée plus près, "Ton père ?"

"Non, Mark, l'ami de ma maman. C'était un cadeau. Il m'apporte toujours des cadeaux."

"Pour Noël ? Ou pour ton anniversaire ?" Benjamin demande.

"Non, pour rien des cadeaux. Il se présente simplement et m'apporte quelque chose."

"Oh", dit Benjamin en jetant un coup d'œil à El. "Alors, comment est ton milkshake ?"

"Il a un goût de paradis", dit Katie, puis elle passe son doigt sur ses lèvres.

"Qu'est-ce qui ne va pas ?" demande El.

"Je suis juste en train de penser..."

"À quoi ?" Benjamin s'est enquis. "Tu n'es pas obligée de nous le dire si tu ne veux pas".

Katie réfléchit, puis dit : "Si ma maman était là, elle serait en train de prendre un milk-shake au caramel. On le boirait à petites gorgées. Nous buvons toujours lentement. J'ai oublié et j'ai siroté rapidement, et maintenant il n'y a plus rien." Elle fait la moue.

"Tu en veux un autre ?" Benjamin demande.

"Je peux ?"

"Vous pouvez". Il a appelé le serveur.

Quand il est arrivé, Katie a dit : "Attends, je n'ai pas besoin d'un autre."

"Pourquoi pas ?" demande El.

"C'est simple. Maintenant que je peux en avoir un autre, celui-ci est suffisant."

Benjamin et El se sont regardés l'un l'autre, puis sont revenus vers Katie.

"Tu es unique en ton genre, mon enfant", dit El.

"C'est ce que maman dit toujours."

Elle a payé l'addition, et ils sont allés dans la rue.

"Est-ce que je peux porter mes nouvelles chaussures, s'il te plaît ?"

"Bien sûr, tu peux", dit El en enlevant les sandales de Katie.

Elle a tortillé ses orteils à l'intérieur des patins puis a rebondi sur le trottoir. El et Benjamin essaient de la suivre.

CHAPITRE 15

BACK HOME AGAIN

LS SONT RENTRÉS CHEZ eux où ils ont trouvé Abe assis dans un fauteuil à bascule. Ses épaules étaient affaissées et ses mains étaient croisées sur ses genoux.

El s'est approchée de lui et l'a embrassé sur le front. "Je vais faire couler un bain pour Katie. Ça l'aidera à dormir après toute cette agitation."

"Bonne idée, mon amour", dit Abe. Puis à Benjamin : "Comment se sont passées les courses ?"

"C'était amusant - Katie est pleine d'énergie. Même moi, j'ai eu du mal à la suivre."

Abe sourit. "Désolé d'avoir raté ça." Il a baissé la voix. "J'ai plus d'informations. Je préférerais les partager

avec toi et El en même temps. Quand le petit sera endormi."

Benjamin bâille.

Abe dit : "Pourquoi ne monterais-tu pas, pour attraper quelques zzzs. On se parle dans une heure, d'accord ?"

"Ça m'a l'air d'être un bon plan. Merci." Il monte les escaliers.

✳✳✳

Lorsque Katie s'est endormie, ils se sont réunis dans le salon. El a préparé quelques sandwiches. Abe avait particulièrement faim. Il n'avait pas mangé depuis le petit déjeuner.

"Elle s'est endormie tout de suite", a mentionné El. "Et elle était jolie dans sa nouvelle nuisette de princesse".

"Nous avons passé une merveilleuse journée aujourd'hui, merci beaucoup de nous avoir aidés El".

"Avec plaisir."

Abe finit de mâcher son sandwich, s'essuie la bouche et boit une gorgée d'eau. "J'ai des nouvelles. Ce n'est pas une histoire facile à raconter. S'il vous plaît, ne m'interrompez pas et ne posez pas de questions tant que je n'ai pas terminé."

El et Benjamin se sont rapprochés et ont acquiescé.

"Après avoir fermé le magasin à 17 heures, je suis allé chez Katie. Je n'avais pas prévu d'y aller avant demain, mais quelque chose m'a donné envie d'y aller aujourd'hui et j'y suis allé." Il marque une pause.

Passe à autre chose, pensait Benjamin, mais il savait que le dire aurait été impoli.

"J'ai frappé à la porte d'entrée, personne n'a répondu mais les rideaux étaient ouverts. Je me suis arrêté et j'ai écouté les bruits venant de l'intérieur, rien. J'ai fait le tour du côté de la maison et jusqu'à l'arrière. Il n'y avait aucun signe qu'un enfant vivait là, pas de jouets, de vélos, de balançoires ou de ballons. Pas de linge suspendu à la corde.

"J'ai commandé un taxi et le chauffeur m'attendait sur le trottoir. Je suis allée à côté et j'ai frappé. Un homme a répondu, m'a dit que quelqu'un vivait à côté, une petite fille et une femme, c'est tout ce qu'il savait. Puis il m'a claqué la porte au nez.

"Dans ma vision périphérique, j'ai vu un rideau bouger de l'autre côté de la rue. J'ai traversé et j'ai frappé. Une femme a répondu et m'a invité à entrer pour boire un verre.

Elle a vu le taxi qui attendait et lui a dit de dégager. Elle m'a dit qu'elle en contacterait un autre quand je serais prête à partir. J'ai accepté, pensant qu'elle avait peut-être des informations à me donner sur la mère de l'enfant. Elle était très occupée, cela ne faisait aucun doute. Normalement, je l'aurais évitée, mais dans ce cas, les informations concernant le bien-être de l'enfant étaient essentielles, alors je suis restée.

"Sa maison était propre et bien rangée. Je ne courais aucun risque et le seul bruit dans sa maison était le tic-tac incessant d'une horloge grand-père. Nous nous sommes assis et avons partagé une tasse de thé.

"Quand j'ai posé des questions sur l'enfant, elle m'a dit qu'il se passait toujours des choses dans la maison d'en face. Des cris. Une porte tournante d'hommes et de voitures garés dans l'allée et parfois il y avait des débordements dans la rue. Elle pensait qu'il s'agissait d'hommes mariés. Oh, et elle a aussi dit que le dernier homme chic avait une grosse voiture et un chauffeur. La mère de Katie faisait parler d'elle dans la rue."

El porte la main à sa bouche : "Pauvre petit bout de chou !"

Benjamin changea de sujet. "As-tu découvert quelque chose sur Katie ?"

Abe soupire. "Tranquille et bien élevée", a expliqué Judy Smith, la voisine. "Elle a dit qu'elle avait remarqué la mère et la fille hier matin. Elle s'est fait remarquer parce que c'était un jour d'école et que l'enfant trimballait avec elle une poupée grandeur nature. Elle ne les a pas vues rentrer à la maison.

"Quand elle s'est lassée de me parler, elle est allée à la porte d'entrée de sa maison et a sifflé dans la rue. Son fils, un chauffeur de taxi, s'est arrêté devant. Elle m'a poussée par la porte d'entrée, dans le véhicule et j'ai donné une fausse adresse à l'homme. Je ne voulais pas qu'ils connaissent mon adresse. Ils avaient l'air excentriques."

"Tu veux dire cinglés ?"

Abe acquiesce, puis se verse une tasse de thé et en propose une à El et Benjamin.

"Vous pouvez poser des questions maintenant", dit-il.

***

LES MINUTES PASSÈRENT, PEUT-ÊTRE quinze minutes ou plus, avant qu'El ne rompe le silence. "Ce pauvre petit bout de chou. Ce qu'a dû être sa vie avec des hommes qui allaient et venaient à toute heure du jour et de la nuit." Elle retint un sanglot, au plus profond de son noyau maternel. "Aucune vie pour aucun enfant - et nous voilà. Toi et moi, qui ne pourrions jamais avoir un bébé à nous."

"Voilà, voilà", dit Abe en tapotant le bras de sa femme. "Mes sentiments sont exactement les mêmes. Il n'y a pas de justice dans ce monde. Il n'y a ni rime ni raison. Et pourtant, qui sommes-nous pour juger ?"

"Tout ce que je sais", interrompt Benjamin, "c'est que Katie aime sa mère".

"Même un enfant maltraité aime sa mère", répond El.

"La preuve est dans l'abandon", a dit Abe.

"Peut-être qu'on n'aurait pas pu l'aider. Nous ne savons pas ce qui s'est passé", a dit Benjamin.

"C'est vrai. Je suis désolé d'avoir été si prompt à juger. Alors, que se passe-t-il maintenant ?" demande El.

"Nous attendons", dit Abe. "Et nous posons des questions, sans contrarier la petite Katie. Nous découvrons ce que nous pouvons. Pendant ce temps, le sergent Miller va faire avancer les choses de son côté. Je lui ai transmis l'adresse de Katie ; Benjamin lui a donné une description de sa mère. Ils vont vérifier les hôpitaux, la morgue et le front de mer."

"La morgue", dit El. "Je ne veux pas penser que cette petite soit toute seule au monde".

"Je sais, je sais", dit Abe. Il a changé de sujet. "Oh, et avant que j'oublie." Il fouilla dans sa poche et en sortit une enveloppe qu'il posa sur la table. "Ceci se trouvait dans la boîte aux lettres de la maison de Katie".

"Abe, c'est un délit fédéral de voler le courrier d'une autre personne !" El s'exclame. Cet éclat n'a pas suffi à l'empêcher de retourner l'enveloppe pour qu'elle et Benjamin puissent la lire.

"Je suis tout à fait conscient de ce fait", confirme Abe. "Mais maintenant, nous savons que le nom de sa mère est Jennifer Walker".

Benjamin bâille et se lève, puis embrasse El sur la joue. "Katie n'est plus seule maintenant. Elle est ici avec nous." Il lui a souhaité bonne nuit. "Merci pour ton aide." Abe lui a donné une tape dans le dos comme un père le ferait à son fils.

À l'étage, il a enfilé son pyjama et s'est laissé tomber dans son lit. Il était trop fatigué pour tirer les couvertures et se blottit plutôt dans la couette.

✳✳✳

BENJAMIN SE TENAIT SUR le bord du toit d'un grand bâtiment, incapable de regarder en bas, ses orteils dépassant déjà la ligne. C'était la nuit, et les étoiles étaient des fentes, comme des yeux dans le ciel, qui l'observaient, le poussant à avancer. Saute, semblaient-elles dire. Saute, c'est tout.

Il vacilla et tituba. Il était aussi facile d'avancer que de reculer, et il était tout seul. Seul au monde, sans personne pour s'occuper de lui. Personne pour s'occuper de lui. Personne pour se soucier de sa vie ou de sa mort.

Il avait lu beaucoup de livres sur les héros. De jeunes garçons qui, comme lui, avaient perdu leurs parents et fait des choses incroyables de leur vie. Bien sûr, ce genre de personnages est fictif.

Attends un peu ! Je suis quelqu'un de bien. J'aide les gens. Je pense aux autres avant de penser à moi. Je ne mens pas, je ne vole pas, je ne fais pas de mal aux autres et je tiens toujours, presque toujours, mes promesses.

Pourquoi presque toujours ? demanda une voix au-dessus de lui.

Il n'a pas répondu - au lieu de cela, il a basculé dans le vide - et s'est réveillé sur le sol à côté de son lit. Ses vêtements étaient humides de transpiration, mais il était en sécurité. En sécurité et en bonne santé. Bien qu'il soit 4 heures du matin, il n'a pas l'intention de se rendormir. Il s'est installé pour jouer à des jeux sur son téléphone. En dessous de sa chambre, il pouvait entendre quelqu'un faire les cent pas. Probablement Abe. Il a mis ses écouteurs. Après que quelques amis l'aient rejoint, il s'est totalement immergé dans un jeu en ligne multijoueurs. Il a joué jusqu'à ce que le soleil se lève à l'horizon, puis il est retourné se coucher.

CHAPITRE 16

ABE ET EL

ABE N'ARRIVAIT PAS à dormir. "Tu es réveillé ?"

"Je le suis maintenant."

"J'ai un peu faim, et toi ?"

"Maintenant que je suis réveillé, moi aussi, viens je vais te préparer quelque chose. Qu'est-ce que tu veux ?"

En serpentant dans le couloir, ils ont jeté un coup d'œil à Katie.

"C'est un vrai petit ange."

"C'est vrai." Dans la cuisine, Abe dit : "Un sandwich au fromage grillé me conviendrait très bien."

"D'accord, tu mets la bouilloire à chauffer et je vais allumer le grill".

Quand la nourriture fut prête et le thé infusé dans la théière, ils s'assirent et mangèrent leurs sandwichs.

"Ça m'a vraiment fait plaisir, merci."

"Les plats réconfortants font toujours l'affaire." Elle a repoussé sa chaise.

"Non, assieds-toi une minute. J'ai envie de parler avec toi."

"Une tasse de thé ?" Abe acquiesce et elle remplit leurs tasses. "Qu'est-ce qui te préoccupe ? Je sais qu'il y a quelque chose."

"Tu te souviens, nous avions parlé d'adopter Benjamin ?"

"Oui, mais comme il avait déjà quinze ans, nous avons décidé de ne pas aller de l'avant."

"Et pourtant, je n'arrête pas de penser que si nous l'adoptions, alors s'il m'arrivait quelque chose - il serait de la famille et pourrait t'aider à la boutique. Pour prendre la relève si nécessaire. De même, s'il t'arrivait quelque chose, il me serait d'une aide précieuse."

El remue son thé. "Est-ce qu'il veut être adopté ? Il n'a plus besoin de nous comme lorsqu'il est venu vivre avec nous pour la première fois. C'est un jeune homme indépendant. Je n'aimerais pas l'enchaîner à nous."

Abe hausse le ton. "L'enchaîner à nous ? C'est ce que tu penses ? JE, JE."

"Calme-toi mon amour. Dans quelques années, il sera assez grand pour s'envoler tout seul - et il a tout à fait le droit de partir. C'est quoi ce dicton, si tu aimes quelqu'un, libère-le et s'il revient, il est à toi."

"Et s'ils ne reviennent pas, ils ne l'ont jamais été. Je ne sais plus qui l'a dit."

"Peut-être Kipling, ou une personne sage comme lui. Je ne dis pas qu'il ne reviendrait jamais ; je pense qu'il le ferait. Il adore travailler dans le magasin."

"Oui, et un jour, il pourrait posséder le magasin - le diriger. Poursuivre notre héritage."

"S'il le veut."

"Bien sûr."

"Qu'est-ce que tu aimerais faire ? Qu'est-ce qui te rassurera ?"

"J'aimerais parler à Travis, notre avocat, pour lui demander conseil."

"Ne devrions-nous pas d'abord aborder le sujet avec Benjamin ?"

"Si nous le faisions et que nous changions d'avis après le conseil juridique - cela pourrait avoir des répercussions. Je préfère vérifier d'abord, puis nous pourrons décider. Si nous décidons d'aller de l'avant cette fois-ci, nous pourrons lui en parler et voir ce qu'il en pense."

El bâille. "Oh, excuse-moi." Elle prit la main de son mari dans la sienne. "On dirait que nous avons un plan. Maintenant, retournons au lit, la petite va bientôt se lever pour prendre son petit déjeuner."

CHAPITRE 17

JE REGRETTE...

ABE ET EL SE sont finalement endormis lorsque Katie a poussé un cri dans le couloir.

El était à ses côtés en quelques secondes, presque comme si elle l'avait anticipé. Dès que Katie l'a vue, elle lui a passé les bras autour du cou.

Abe est arrivé peu de temps après. "Qu'est-ce qu'il y a, ma petite ?"

"Je m'ennuie..." est tout ce qu'elle a dit avant d'enfoncer son visage dans la poitrine d'El.

Benjamin est entré dans la pièce en titubant. "Whatsamatter ?"

Katie est restée immobile, tandis qu'ils échangeaient de doux chuchotements.

"Sa mère lui manque", dit El. Katie s'est blottie plus près d'elle. "Vous retournez toutes les deux dans vos lits, et je reste ici avec la petite". Puis, s'adressant à Katie : "Tu aimerais ça maintenant, n'est-ce pas ? Si je restais ici ?" Elle chuchote quelque chose à El. "Oh, je vois", dit-elle. "Tu es sûre ?" Katie acquiesce. "Elle aimerait que tu restes aussi, Benjamin. Prends une couverture à l'extérieur et tu pourras la jeter sur toi sur la chaise là-bas." Benjamin suivit ses instructions.

"Eh bien, bonne nuit alors", dit Abe en fermant la porte, heureux de retrouver le confort de son propre lit.

CHAPITRE 18

DIMANCHE, DIMANCHE

L E DIMANCHE MATIN EST un jour spécial pour la famille Julius. Comme le magasin n'ouvrait pas avant midi, la famille préparait et partageait toujours un grand petit déjeuner.

"Aujourd'hui, c'est gaufres", annonce El, en sortant le gaufrier et en le branchant sur la prise. Elle s'est lancée dans la préparation de la pâte en attendant que le gril soit prêt.

Pendant ce temps, les autres mettent la table. Les condiments tels que les sirops, les fruits, le beurre et la crème fouettée en boîte ont tous été placés sur la table.

"Les gaufres sentent si bon", dit Katie, alors qu'El place les gaufres terminées au centre de la table.

"Merci mon amour", dit El. "On a oublié quelque chose, avant que je m'assoie ?" Personne ne pensait à rien, alors elle a pris place à un bout de la table tandis que son mari était à l'autre bout.

"Merci pour cette nourriture gastronomique", a dit Abe, ce qui était sa version d'une prière à l'heure du repas. "Maintenant, mangez !" Et c'est ce qu'ils ont fait.

Katie s'est assise et a observé les autres puisqu'elle n'avait jamais mangé de gaufre.

"Qu'est-ce que tu attends, mon amour ?"

"Je regarde puisque la seule gaufre que j'ai jamais mangée était un cornet de crème glacée".

"C'est une idée intelligente", dit Benjamin. Il est allé au congélateur et a sorti un récipient de glace napolitaine. Puis il a attrapé la cuillère à glace dans le tiroir et les a apportés à la table.

El a aidé Katie à mettre des fruits sur sa gaufre, notamment des myrtilles et des fraises. Elle a ajouté quelques tranches de pommes. "Ça a l'air joli", a dit l'enfant.

"Maintenant, tu vas essayer", a dit Benjamin.

Katie a ajouté une boule de glace et de la sauce au chocolat.

"Oh, je viens de penser à autre chose", dit El en repoussant sa chaise. Elle se tourne vers Katie : "Tu n'es pas allergique aux noix, n'est-ce pas ?"

"Non. Quelques enfants de mon école le sont, alors il faut faire attention, mais je ne suis allergique à rien."

"Moi non plus", dit Benjamin en déposant des noix concassées sur le dessus de sa gaufre. Puis il a ajouté de la crème fouettée - même si, comme Katie, il avait déjà de la crème glacée sur sa gaufre.

"Je peux avoir de la crème fouettée aussi ?"

Benjamin a pulvérisé la crème sur la gaufre de Katie. "Ça a l'air trop beau pour être mangé maintenant", a-t-elle dit, et tout le monde a ri. Son visage s'est illuminé, "MMMMM", a-t-elle dit. "MMMMM."

Après que chacun a mangé à sa faim, El a préparé le café.

"Je suis trop rassasié pour bouger", a dit Benjamin.

"Moi aussi", dit Katie en se tapotant le ventre.

Abe regarda sa montre, il restait encore du temps avant l'ouverture du magasin. "Oh, je voulais te demander Katie, quel est le nom de ton école ?"

"Je vais à l'école primaire Sainte-Marie", répond Katie.

Abe a tapé l'adresse dans Google.

"Tu aimes l'école ?" Benjamin a demandé.

"Ça va.

"Nous passerons un coup de fil à ton école demain", a dit El, "et nous leur ferons savoir que tu seras absente quelques jours".

"Tu veux dire que je ne dois pas y aller ?" "Non. Nous voulons te garder ici pour le moment."

"Jusqu'à ce que ma maman revienne ?"

"Oui, jusqu'à ce moment-là", dit Abe.

"Est-ce que tu manques souvent l'école ?" El s'enquiert.

"Seulement si je suis malade ou si maman n'est pas bien, parce qu'elle ne me laisse pas marcher tout seul".

"Ta maman est souvent malade ?" Abe demande, en pensant aux allégations de l'alcool et de la drogue.

Katie s'est mise à pleurer.

"Assez de questions pour l'instant", dit El. Elle a pris la main de Katie dans la sienne. "Allons laver la crème fouettée et la sauce au chocolat sur ton visage, et t'habiller avec ta nouvelle tenue. Viens maintenant."

Katie a suivi et, une fois à huis clos, a dit : "Maman ne veut pas être malade."

"Bien sûr que non, mon enfant", a dit El en passant un gant de toilette chaud et humide sur le visage de Katie. "Maintenant, lève les bras et on va t'habiller".

"Je suis une grande fille."

"Même les grandes filles ont parfois besoin d'un peu d'aide", dit El en faisant un clin d'œil.

"Merci."

"Merci d'apporter un peu de soleil dans ma maison".

Katie réfléchit un instant puis dit : "Mais tu avais déjà du soleil, parce que tu avais Benjamin."

El a ri. "Tu as raison, nous voyons ses rayons dorés tous les jours. Maintenant viens avec toi, on ne peut pas laisser les garçons être prêts avant les filles, n'est-ce pas ?"

"Pas question !" Katie s'esclaffe.

CHAPITRE 19

SGT. MILLER

Lorsque le sergent Miller arrive au poste, un message urgent l'attend de la part du coroner :

"Le corps d'une femme s'est échoué sur les rives du lac Ontario tôt ce matin, près du Viaduc. C'est le lieu habituel des suicides. Elle se trouve actuellement à la morgue. Elle n'a pas de papiers d'identité, mais elle correspond à la description de la femme que tu m'as demandé de surveiller. La cause du décès devrait être vérifiée bientôt. Viens quand tu seras là, je te mettrai au courant à ce moment-là."

Miller se rendit immédiatement à la morgue. Le corps était sur la dalle et le médecin légiste et son assistant prenaient note des informations.

"Vous pourriez jeter un coup d'œil à ceci", a-t-il dit en montrant l'entaille sur la gorge de la femme.

"Le suicide est exclu alors", suggère Miller, "d'après l'angle de la lame, elle n'a pas pu se faire ça toute seule".

"Exactement", confirme le médecin légiste. "Et nous avons aussi trouvé des traces de peau et de cheveux sous ses ongles".

Miller regarda les ongles de la femme, peints en rouge cardinal. En regardant son visage, il a vu qu'une bavure du rouge à lèvres assorti était restée sur le coin de sa lèvre supérieure.

"Nous avons déjà envoyé des échantillons au laboratoire. Nous devrions pouvoir l'identifier, ainsi que son agresseur, si nous trouvons une correspondance pour l'un ou l'autre dans la base de données."

"Ça te dérange si je prends un échantillon de ses empreintes digitales, pour que je puisse les comparer avec notre base de données à mon retour au bureau ? Ça pourrait être un moyen plus rapide de l'identifier si elle a été arrêtée pour un délit criminel."

Le coroner acquiesce.

"Que savons-nous d'autre sur elle ?"

"L'âge est estimé entre 34 et 37 ans, et elle était multipare."

"Deux naissances", dit Miller. "Pouvez-vous dire quand elle a eu les enfants ?"

"Par césarienne. Il y a sept ou huit ans. Accouchement vaginal récent."

"Autre chose ?"

"Nous estimons l'heure du décès à samedi soir, entre 19 et 21 heures. On n'a trouvé ni alcool ni drogue dans le corps." Il hésite : "Encore une chose, elle avait des morsures à l'arrière des jambes." Il tourne le corps. "Tu vois ici et là, des morsures. Les tortues serpentines pourraient en être la cause, mais les morsures sont grosses."

"Je vois", dit Miller. "Merci." Il fait une pause. "Qu'est-ce que c'est, près de la colonne vertébrale ?"

"Une tache de naissance."

Elle avait à peu près la taille d'un fou.

Miller a quitté le bâtiment et la lumière du soleil l'a frappé de plein fouet. Il mit ses lunettes noires et continua à marcher vers son véhicule en pensant à l'enfant qui restait avec Abe. Espérant que la femme morte et la mère disparue n'étaient pas la même personne, mais son instinct lui disait le contraire.

CHAPITRE 20

L'AIGLE JURIDIQUE

ABE S'EST LEVé ET a quitté la maison avant que les autres ne se réveillent. Après sa conversation avec El, il a fixé un rendez-vous avec son vieil ami, également leur avocat Travis Anders.

"J'aimerais que tu ailles de l'avant et que tu rédiges les papiers. Quand Benjamin aura vingt et un ans, il héritera de la maison et de la boutique."

"Whoa, ralentis un peu. Et El ?" dit Travis.

"Nous pouvons l'aider dans la boutique en fonction des besoins. Mais il sera incité à faire un pas en avant, à s'impliquer davantage puisque ce sera le sien un jour."

"El a besoin d'être ici aussi. La maison et le magasin sont à vos deux noms."

"Si tu rassembles les formulaires pour nous, je la ferai venir pour les signer. Nous en avons déjà discuté."

"Qu'est-ce qui presse ?"

"Il n'y a pas d'urgence à proprement parler. Je veux juste faire avancer les choses. Combien de temps te faudra-t-il pour tout rédiger ?"

"Donne-moi une semaine", répond Anders. "Ensuite, tu devras revenir avec El. En as-tu déjà discuté avec Benjamin ?"

"Pas encore. Je veux voir ce que ça donne sur le papier. Comment tout s'imbrique avant de l'impliquer."

"Je veux bien prendre ton argent, Abe, mais si je rédige les papiers et qu'il refuse, tu devras quand même payer mes honoraires."

"Je comprends. Je ne voudrais pas qu'il en soit autrement."

"D'accord, Abe. Laisse-moi faire. Je te contacterai quand ce sera prêt et tu pourras amener El." Il hésite.

"J'en discuterais avec Benjamin en attendant, même si c'est une situation hypothétique."

"Une fois signé, ce sera officiel ?" Abe demande. "Et si nous changeons d'avis ?"

"J'inclurai un codicille. Au cas où tu déciderais d'annuler l'offre à l'avenir."

"Merci, Travis."

"Oh, et tu n'es pas légalement tenu de révéler le Codicille au garçon, à moins que tu ne le choisisses. De plus, lorsque nous lui apporterons les documents à signer, il devra être accompagné de son propre avocat. S'il n'en a pas les moyens, suggère-lui de contacter l'Aide juridique pour obtenir de l'aide. Nous pourrons en parler lors de notre rencontre, je pourrai le renseigner ou lui recommander un autre avocat. Il faudra lui laisser un peu de temps avant qu'il ne signe."

"Benjamin est comme un fils pour nous", se lève Abe, "et je veux que ce soit facile pour lui".

"Attendez maintenant Abe, asseyez-vous s'il vous plaît", dit Travis. "Je suis ton avocat, mais je ne peux pas vous représenter tous les deux. C'est pour sa propre protection qu'il prend un autre avocat que moi."

"Nous nous connaissons depuis vingt-cinq ans", dit Abe. "Je te fais confiance. Le garçon n'a pas les moyens de se payer un autre avocat. Il me semble ridicule de payer quelqu'un d'autre alors que je te fais confiance."

"Je lui expliquerai tout en tête à tête pour qu'il comprenne et qu'il puisse poser des questions sans que toi ou ta femme ne soyez présents. Le codicille est pour votre tranquillité d'esprit et celle d'El. Ce n'est pas une réflexion sur le garçon, c'est une question de droit. Mettre tout par écrit, c'est pour la protection de toutes les personnes concernées."

"J'apprécie votre conseil", dit Abe. Il marque une pause.

"Ce qui me rappelle que j'ai regardé des rediffusions de Matlock l'autre soir."

"J'adorais cette série", dit Travis. "Continue, s'il te plaît."

"Eh bien, dans l'épisode, ils ont essayé de forcer une épouse à témoigner contre son mari. Le chaos s'est ensuivi, mais Matlock a fait rejeter l'affaire par le tribunal."

"Ah, ce Matlock. Les règles ont changé depuis. Au Canada aujourd'hui, une épouse peut être citée à comparaître pour témoigner, mais elle n'est pas obligée de divulguer quoi que ce soit. Pas si cela s'est produit pendant la période où ils étaient mariés. C'est ce qu'on appelle le privilège conjugal, article 4 de la loi sur la preuve au Canada."

"Intéressant en effet", dit Abe. "Comment cela fonctionne-t-il avec les enfants ? Peut-on forcer un parent à témoigner contre un enfant ou vice versa ?"

"Il y a eu beaucoup de discussions à ce sujet au fil des ans."

"Et que dit la loi ?"

Travis est allé sur sa bibliothèque et l'a feuilletée jusqu'à ce qu'il trouve ce qu'il cherchait. "C'est le droit fondamental d'un enfant d'être entendu dans tout ce qui précède. C'est l'article 12, tiré de la Convention des Nations unies relative aux droits de l'enfant. Ratifiée en 1991." Il referme le livre et le range. "D'autres questions ?"

"Non, merci pour votre temps." Abe se lève et tend la main.

"Je vous recontacterai", a déclaré Travis.

Abe a pris le chemin de la maison. Avoir quelqu'un pour s'occuper de sa femme après son départ était sa priorité numéro un. Près de la maison, il se demande si le sergent Miller a des nouvelles à partager. Dans cette situation, aucune nouvelle n'était une bonne nouvelle. Enfin arrivé à la maison, il entra.

CHAPITRE 21

SGT. MILLER AU COMMISSARIAT DE POLICE

L E SERGENT MILLER REGARDE les hommes et les femmes menottés défiler dans le commissariat. Il avait l'impression de se trouver au milieu d'une mauvaise émission de téléréalité.

"C'était une fête ?" demande-t-il à l'officier qui a procédé à l'arrestation.

"Oui, une fête de rue dans le quartier est. De la drogue et de l'alcool partout."

Une femme a attiré son attention, alors qu'il signait un formulaire. Elle était blonde, avec une jupe visiblement trop courte et trop de maquillage. Elle lui a envoyé un baiser. Il lui a tourné le dos. Mieux vaut un cadavre que cette mère.

Il se demanda si une mère valait mieux que pas de mère du tout. C'était comme la question : si un arbre tombe dans la forêt, est-ce que quelqu'un l'entend ? Il n'y a pas de bonnes réponses en théorie, mais en réalité, aucune mère ne peut être meilleure que les quelques unes qu'il a rencontrées.

Il est retourné à son bureau juste à temps pour connaître les résultats de la numérisation des empreintes de la femme sur la dalle. Bien sûr, elle figurait dans la base de données, mais elle n'avait pas toujours été locale. Elle venait du Québec. Il se demande ce qu'elle fait en ville. Il a continué à chercher des informations et a trouvé un avis de disparition. Oui, c'était bien la femme sur la dalle. Il a feuilleté le dossier, vérifiant ses antécédents. Puis il a appelé un de ses amis à Montréal. L'un des gars qui ne rechigne pas à converser en anglais - et qui l'a mis au courant des détails.

"Le corps d'une femme vient d'être retrouvé, d'après un rapport de personne disparue déposé par votre bureau, il s'agit de Marie Lévesque", dit Miller.

Il y a eu un silence à l'autre bout du fil, avant que le bureau LaPlante ne demande : "Cause du décès ?"

"Sa gorge a été tranchée, mais il reste à déterminer si c'est la cause du décès".

"Je le mettrai au courant. Il travaille avec la police provinciale de l'Ontario."

"C'est un officier local ? Je peux le contacter si tu préfères. Dis-lui tout ce qu'il veut savoir et où venir pour identifier le corps. Je peux être là avec lui s'il le souhaite. S'il n'a pas de famille ici."

"Elle était tout ce qu'il avait", dit LaPlante d'une voix hésitante. "Il travaillait sous couverture.

Miller hésite. "Ce meurtre pourrait-il avoir un rapport avec ses enquêtes ? Est-ce que sa couverture a été grillée ?"

"Euh, je ne sais pas. Je vais faire remonter l'information jusqu'à la hampe du drapeau. Je vais trouver ce que je peux, et tu feras la même chose de ton côté. Tu as des contacts à la police provinciale ?"

"Bien sûr, je serai discret."

"Merci, Alex."

"Bien sûr."

Miller a raccroché, mais a gardé le téléphone appuyé contre son oreille. Il se frotta le menton à l'endroit où se trouvait sa barbe. Cette barbe lui manquait, mais ce n'était pas le cas de sa femme.

Au moins, ce n'était pas la mère de la petite Katie, mais c'était quand même un meurtre. Avec l'implication de la police provinciale, les choses risquaient de se compliquer en ville. Il compose le numéro d'Abe et attend que le téléphone sonne plusieurs fois.

***

"Bonjour Abe, c'est le sergent Miller, ici Alex".

"Bonjour."

"J'appelle juste pour savoir comment va Katie ?"

"Oui, Katie s'installe très bien", confirme Abe. "Des nouvelles de sa mère ?"

"Nous avons quelques pistes, rien de certain cependant".

"Je peux t'aider ?"

"Nous aimerions avoir plus d'informations sur elle, comme son nom de famille".

"C'est Walker, je l'ai découvert en parlant à l'un de ses voisins".

Il s'assoit. "Quand ?"

"Samedi. Pendant qu'El l'emmenait faire des courses de première nécessité, je suis allé jeter un coup d'œil."

"Je suppose que Mme Walker n'était pas chez elle ?"

"Aucun signe d'elle ou de quelqu'un d'autre. J'ai discuté avec les voisins."

"Tu as fait semblant d'être l'un d'entre nous, je veux dire un flic ?"

"Moi ? Je ne pense pas que je pourrais le faire, je suis beaucoup trop petit", dit Abe. Les deux rient. "Ne t'inquiète pas, j'ai été discret".

"Quelque chose de pertinent que tu veux partager ?"

"Euh, eh bien, beaucoup d'hommes. Un voisin a dit que c'était comme si la maison avait une porte tournante. Il a dit que la mère était le sujet de conversation de la rue - et pas d'une manière positive."

"Intéressant. As-tu senti de l'animosité ou quelque chose qui se rapproche d'un mobile ?"

"Non, pas du tout. Elle est curieuse et s'ennuie - mais il est peu probable qu'elle soit une meurtrière. La femme avec qui j'ai passé le plus de temps aimait bien Katie. Elle les a vus quitter la maison. Elle se demandait pourquoi elle apportait sa poupée à l'école. Elle ne les a jamais vus rentrer à la maison. Mon évaluation était la suivante : cette femme sait tout ce qui se passe, dans la rue avec tout le monde."

"D'accord, Abe, merci de m'avoir mis au courant. Restez à l'écart de la zone maintenant cependant, laissez-nous l'enquête."

"Euh, si vous et les officiers vous rendez à la maison, j'aimerais vous accompagner, si c'est possible."

Miller a pris une grande respiration audible. "Ce n'est pas la procédure habituelle, d'emmener un civil et il faudra un certain temps pour obtenir un mandat. Nous devrons probablement enfoncer la porte."

"J'aimerais quand même être là. Je promets de ne pas gêner - et les voisins m'ont vu, me connaissent."

"Comme c'est toi, je suppose que je peux faire une exception si tu promets de rester dans le véhicule jusqu'à ce que je te dise le contraire. Je te donnerai un coup de fil une fois que j'aurai demandé le mandat et une équipe pour venir. Si tu es prête, tu peux te joindre à nous. Sinon, nous nous rendrons à la résidence des Walker sans toi. C'est clair ?"

"À cent pour cent", dit Abe en souriant au bout du fil. Il raccroche, puis se tourne vers sa femme qui est occupée à brosser les cheveux de Katie : "Je vais peut-être devoir sortir dès que le téléphone sonnera."

"Ça a un rapport avec Katie ?" demande Benjamin. Il avait regardé la télévision.

Abe se rapproche de lui et chuchote : " C'était le sergent Miller au bout du fil. Ils n'ont pas de nouvelles précises."

"Est-ce que je peux venir ?" Benjamin demande.

"Ce n'est pas nécessaire, mais je te remercie", dit Abe. Il baisse la voix jusqu'à chuchoter : " Le sergent Miller ne voulait pas que je vienne, mais j'ai insisté. Entre toi et moi, nous allons enquêter sur sa maison."

"D'accord, fais-moi savoir ce que tu trouves, en attendant, je vais gérer les choses ici. Peut-être que j'emmènerai Katie prendre l'air." Benjamin se lève et dit : "Quelqu'un est d'accord pour aller se promener ?".

"Moi !" Katie couine.

"Moi aussi !" El a dit.

Ils sont partis et Abe s'est assis à côté du téléphone en attendant l'appel du sergent Miller.

Ils sont partis et Abe s'est assis à côté du téléphone en attendant l'appel du sergent Miller.

CHAPITRE 22

VÉRIFIE-LE

M ILLER A INFORMÉ LE chef de la police de la situation de Katie. En attendant le mandat de perquisition, il a organisé deux agents pour l'accompagner. Il appelle Abe : "Nous serons chez toi dans dix minutes, es-tu prêt à partir ?".

"Dix-quatre", répond Abe.

Les officiers ricanent derrière Miller.

"C'est un homme bien", a dit Miller en enfonçant la pédale d'accélérateur au plancher.

Abe était extrêmement excité à l'idée de participer à ce coup de filet. Il a souri lorsque la voiture de patrouille s'est arrêtée devant la maison. Miller est sorti et lui a tendu un gilet pare-balles qu'il a enfilé sous sa chemise.

Pendant ce temps, Miller lui a présenté les agents Belago et Rippon. Il leur a serré la main. Il voulait leur faire savoir qu'Abe Julius n'était pas une mauviette.

Abe a fait un mouvement pour aller sur la banquette arrière, mais les deux agents ont cédé leur place pour qu'il puisse s'installer à l'avant. "Et non, tu ne peux pas jouer avec la sirène", dit Miller. Les officiers gloussent.

Miller avait un peu le pied en avant et un officier à l'arrière l'a dit. Il a ri. "Je suis toujours ton chef, même avec un civil sur le siège avant. À la maison, nous entrerons tous les trois. Abe comme convenu tu resteras dans le véhicule".

"Oui, je comprends, mais fais-moi savoir si tu as besoin de mon aide".

"Euh, oui." Puis jetant un coup d'œil dans le rétroviseur, "Une fois que nous serons dans les garçons, nous jetterons un coup d'œil rapide. Comme d'habitude, mettez vos gants et rappelez-vous de ne rien toucher ni déplacer.

"Comme nous en avons discuté, une photo de la mère et de la fille serait utile. Cherche aussi une photo avec le père."

Abe se déplace sur son siège. Il aimerait bien avoir l'occasion de prendre une autre tasse de thé, et de discuter avec le voisin fouineur.

"Je laisserai la radio allumée quand nous entrerons pour que tu puisses écouter quelques morceaux."

Ils se sont arrêtés à une intersection embouteillée. Un accrochage entre plusieurs véhicules bloquait la circulation. Miller a mis le feu rouge avec la sirène et a ouvert la voie, après avoir demandé si tout le monde allait bien.

"Tu me laisseras emprunter ça un jour ?" demande Abe en baissant la vitre.

Tout le monde s'est mis à rire quand Miller a répondu : "Pas question !"

"Nous sommes là", dit l'officier Belago.

Miller a augmenté le volume de la radio. "Tout est prêt, Abe. Vous restez ici et vous ne bougez pas."

"Je vais protéger le véhicule", dit Abe.

Le sergent Miller enfile ses gants. "Allons-y les gars."

***

L E SERGENT MILLER FRAPPE d'abord, puis sonne à la porte, tandis que les agents Rippon et Belago font le guet. Comme personne ne répond, Rippon fait le tour du côté droit de la maison, tandis que Belago couvre l'autre côté. Ils reviennent quelques instants plus tard.

"La voie est libre", dit Belago.

"La voie est libre, patron."

"D'accord, voyons si nous pouvons entrer sans défoncer la porte", dit Miller.

Belago a sorti des outils du coffre de la voiture. Ils ont fait sauter la serrure en un rien de temps.

Miller passe la tête à l'intérieur et appelle : "Bonjour ? Il y a quelqu'un ?"

N'entendant rien, ils se sont frayés un chemin à l'intérieur, les armes prêtes à l'emploi. Le seul bruit était celui du réfrigérateur qui bourdonnait. Miller ouvrit la porte pour le trouver rempli de nourriture, de condiments et de plusieurs bouteilles de vin débouchées.

"Ça ne ressemble pas à quelqu'un qui a planifié un voyage", suppose-t-il.

Belago et Rippon enquêtent au rez-de-chaussée.

"Tout est dégagé et sécurisé", rapporte Belago.

Sur le manteau de la cheminée du salon, des photos de famille étaient exposées. "Prends celle-là", dit Miller en montrant une photo d'une petite fille et d'un homme. Abe n'avait pas parlé d'un père. En fait, le voisin avait dit à Abe que la maison avait une porte tournante d'hommes. Qui était donc l'homme sur la photo avec Katie ? Après avoir regardé toutes les photos exposées, il était surpris qu'il n'y ait pas de photos de mère et de fille.

Les agents suivirent Miller dans les escaliers à la moquette grinçante.

"Bonjour, Police !" Miller appela, son arme pointée en avant et prête à tout. Tout sauf ce qui lui agressait le nez. La puanteur inoubliable de la mort.

Les officiers se sont involontairement bâillonnés, alors qu'ils continuaient à se frayer un chemin jusqu'en haut des escaliers. Sur le palier, la puanteur était insupportable.

En contraste avec la puanteur, la première pièce sur la droite était une chambre d'enfant, toute de rose vêtue, avec des volants sur le lit et un papier peint fleuri.

À mesure qu'ils continuaient, la puanteur s'accentuait et leurs yeux se remplissaient d'eau. "Ça ne sent pas bon, Patron", dit Belago, puis il retint sa respiration.

"Ça ne sent pas très bon non plus", a répondu Miller en avançant vers la pièce au bout du couloir.

Il s'est avéré que c'était la chambre principale dont la porte était grande ouverte et à l'intérieur, dans le lit, il y avait un homme mort.

Et ce n'était pas n'importe quel mort. C'était l'homme qu'ils venaient de voir en bas sur une photo posée sur la cheminée avec la petite fille.

Il était sous les couvertures, mais le torse et le bas du corps semblaient étranges, ou plus précisément ils étaient alignés bizarrement. Debout, mais pas droit. Il a rejeté les couvertures en arrière.

"Jésus", dit l'agent Belago en observant que l'homme était assis à côté de lui-même.

"Maintenant, pourquoi quelqu'un voudrait-il asseoir quelqu'un comme ça après l'avoir coupé en deux ?" Miller demande.

"Il n'y a pas de sang ici", observe Rippon, "et pas de trace sanglante".

Des vrilles charnues émanaient des deux moitiés du torse.

"La rigidité cadavérique s'est installée, ce qui explique la position - un peu", a déclaré Miller. "Je vais l'appeler, vous deux vérifiez les alentours à la recherche de l'arme". Puis il a de nouveau parlé dans le téléphone.

"Oui, c'est le sergent Miller. Nous avons besoin d'une équipe médico-légale complète ici. Et des renforts pour sécuriser la propriété. Aussi, le coroner, une ambulance, un sac mortuaire. Oh, et dites-leur de ne pas utiliser les sirènes - nous ne voulons pas que tout le quartier vienne voir le spectacle. Oui, dix heures quatre."

"Patron, on a trouvé quelque chose", appelle Belago depuis le fond du couloir.

La salle de bains était un véritable carnage. Dans la baignoire : une tronçonneuse. De l'eau de Javel avait été versée dessus, pour masquer l'odeur de tout le sang.

"Il a certainement été coupé ici", dit Rippon en se couvrant le nez avec le dos de sa main.

"De l'eau de Javel, du sang et un désodorisant, une combinaison mortelle", dit Miller en retenant un soupir.

Il appelle à nouveau : "Dites à l'équipe médico-légale de venir en tenue complète." Puis il s'adresse aux officiers : "Voyons les preuves que nous pouvons rassembler avant que les autres n'arrivent."

"Et ton ami dans la voiture ?"

"Il ne bougera pas, jusqu'à ce que je lui dise le contraire".

"Pas du genre curieux ?" demande Belago.

"Il est curieux, d'accord, mais il sait quand fixer les limites."

CHAPITRE 23

LE CORPS

LS RETOURNENT DANS LA pièce où se trouve le corps lorsque le téléphone de Miller sonne. C'était le chef de la police qui demandait plus de détails sur l'homme assassiné. "Il est mort depuis quelques jours, la trentaine, homme, caucasien".

"Une idée de la façon dont il est mort ?"

"Oui. Nous avons trouvé une scie à guichet dans la salle de bain. Il a été démembré là-dedans, puis déplacé en deux parties dans le lit. Ils se sont donné beaucoup de mal pour vider d'abord le corps et mettre les segments sous les couvertures du lit. C'était comme s'il était assis à côté de lui-même."

"On dirait quelqu'un qui a un drôle de sens de l'humour".

"Une mère et son enfant vivent ici. Ce type était sur une photo posée sur la cheminée avec la petite Katie. Je ne vois pas comment une femme aurait pu faire cette chose, sans aide."

"Ça a l'air d'être un travail pour deux personnes, au moins. Mettez-moi au courant quand vous reviendrez au poste."

"Je le ferai", dit Miller, puis il se déconnecte.

"Sergent," chuchote Rippon, "ce type me dit quelque chose."

"Il était sur la photo en bas".

Miller rit. "Je suis d'accord, il ressemble à quelqu'un. Peut-être qu'il vient d'une famille importante ?"

"Bonjour !" appelle une voix de femme depuis l'étage inférieur.

"Bon sang, qui est-ce ?" Miller a demandé, en sortant jusqu'en haut des escaliers.

La femme dans le foyer correspondait à la description de la "voisine curieuse" à laquelle Abe a dit avoir parlé. Il se penche sur la rampe d'escalier.

"Veuillez quitter les lieux immédiatement."

Elle n'a pas bougé, comme si ses pieds étaient cimentés. Elle s'est mise à bafouiller, "tellement inquiète pour cette petite fille, la pauvre".

Il a commencé à descendre les escaliers, "Vous devez partir".

Elle a sursauté.

"Merci pour votre, euh, préoccupation, mais nous avons besoin que vous partiez, maintenant". Il la conduit hors de la maison et sur la pelouse. Il lance un regard à Abe, se demandant pourquoi il ne l'a pas empêchée d'entrer, puis se souvient qu'il a donné à son vieil ami des instructions précises pour qu'il reste avec le véhicule quoi qu'il arrive.

Miller retourna à l'intérieur de la maison et ferma la porte d'entrée derrière lui. Il était descendu à l'arrivée de l'équipe médico-légale et des autres et les avait laissés entrer plutôt que de prendre le risque que d'autres voisins s'aventurent à l'intérieur.

Judy Smith renifle dans son mouchoir sur la pelouse, puis aperçoit Abe dans la voiture de patrouille. Elle l'a salué et il lui a rendu la pareille.

Elle a ensuite traversé la rue pour se rendre dans la cour avant de sa propre maison et est restée bouche bée.

***

Il n'a pas fallu longtemps pour que plusieurs véhicules remplissent l'allée et longent les rues.

"Il n'y a rien à voir ici", dit l'un d'eux à Judy Smith.

Abe observait tout ce qui se passait autour de lui, mourant d'envie de savoir ce qui se passait. Qu'ont-ils trouvé à l'intérieur ? La mère de Katie était-elle morte ? Ils avaient amené une civière pour quelqu'un. Peut-être était-elle blessée ? Et Judy Smith était entrée directement dans la maison, aussi courageuse que l'airain. Si seulement il pouvait sortir et poser des questions.

Il a continué à regarder, tandis qu'ils bouclaient la propriété avec ce ruban jaune qu'il n'avait vu qu'à la télévision. Et l'équipe de personnes qui est entrée avec des masques et des gants - c'était la police scientifique. Il les avait vus à la télévision aussi.

Il se sentait comme une groseille et il était content quand Miller est remonté dans la voiture.

Ils ont continué à rouler - pendant tout le trajet, Miller n'a pas prononcé un seul mot. Il n'a même pas dit au revoir quand Abe est sorti de la voiture.

***

Sur le chemin du retour à la maison des Walker, Miller passe en revue ce qu'il sait. Il est reconnaissant à Abe de ne pas l'avoir assailli de questions.

Alors qu'il se garait en bas de la rue de la maison, il sortit de la voiture. Il remarqua un changement de rideau, se demanda si c'était là que vivait le voisin fouineur. Il a frappé à la porte d'entrée et a montré son badge.

"Sergent Miller", dit-il. "Désolé pour tout à l'heure, mais les civils ne sont pas autorisés sur la euh, scène du crime".

"Je comprends", dit-elle. Puis se penchant tout près, "Je ne rate jamais un épisode des Experts et j'ai lu tous les romans d'Agatha Christie."

Il a souri. "Ça te dérange si je te pose quelques questions ?"

"Non, je serais ravie de t'aider. Je suis tout le temps à la maison avec des problèmes de mobilité. Entre et assieds-toi." Il la suit dans le salon. Sa chaise était à moitié orientée en direction de la télévision et à moitié en direction de la rue. La pièce dégageait une légère odeur de cigarette et de VapoRub. La femme corpulente s'est laissée tomber plutôt que de s'asseoir sur sa chaise.

Miller la laissa s'installer, puis lui demanda : "Quand avez-vous vu pour la dernière fois quelqu'un entrer ou sortir de la maison d'en face ?"

Elle croisa les mains et les posa sur ses genoux. "Vendredi matin, la petite fille et sa mère sont parties, plus tard que d'habitude".

"Katie est son nom, n'est-ce pas ? Et sa mère s'appelle Jennifer ?"

"Oui, c'est exact. Et elles traînaient cette poupée."

"Autre chose à propos de Mme Walker ? On nous a dit qu'elle était revenue à la maison, après être sortie, mais sans l'enfant."

"Pas que j'ai vu." Elle s'est arrêtée. "Oh, j'y pense, j'ai pris une douche rapide." Elle hésita, puis se pencha plus près et murmura : "Je ne suis pas du genre à raconter des histoires, mais une chose que j'ai remarquée à propos de Mme Walker, c'est que ce matin-là, elle portait une perruque. Je me suis demandé où cette femme pouvait bien aller avec sa petite fille vêtue de sandales étincelantes et portant une poupée un jour d'école. J'ai pensé qu'elle la prenait peut-être pour la montrer, mais c'est réservé aux plus jeunes." Elle hésite.

Elle a jeté un coup d'œil par la fenêtre, alors qu'une voiture passait, puis a continué. "Et elle s'est habillée comme ça et a porté une perruque ? Tout cela n'avait pas le moindre sens. Et moi, je pensais à cette pauvre petite fille.

"J'ai vécu dans cette rue toute ma vie d'adulte et j'ai vu beaucoup de choses étranges. J'aurais besoin de beaucoup de temps pour tout te raconter." Elle inspira profondément. "Mais tout cela ne t'intéresse pas, ce qui t'intéresse, ce sont les Walkers. Laisse-moi juste te dire que ce matin-là, c'était la première fois et probablement la dernière fois que je verrai un trio aussi inhabituel marcher dans notre rue."

"Une perruque, hein ?" C'était une nouvelle information. Il sortit son stylo et son papier.

"Oui, c'était bizarre. En plus de la perruque, Katie portait des sandales, inappropriées pour l'école. Quand mes garçons allaient à l'école, ce genre de sandales n'était pas autorisé. Il y avait des règles à suivre. Tout change, toujours pour le pire." Elle a soufflé. "En plus, cette enfant avait du mal à suivre et ils venaient à peine de quitter la maison et elle avait cette poupée avec elle."

"Et la veille, tu as vu ou entendu quelque chose ?" Il connaissait son genre. Abe avait raison. Judy Smith n'avait rien de mieux à faire que de mettre son nez dans les affaires des autres. Ce n'était pas exactement une qualité qu'il recherchait chez un ami, ou un voisin, mais dans ce cas, elle pourrait bien finir par être sa seule piste.

Elle y réfléchit. "La veille, rien. Personne n'est entré ou sorti." Elle hésite. "Le jour précédent par contre, je me souviens de quelque chose. Voulez-vous une tasse de thé ?" Elle tourna un peu son corps pour regarder un chat qui passait par là.

"Non merci", dit-il. "Continue, s'il te plaît."

"Jeudi, j'étais dehors en train de chercher des vers pour mon fils".

Il a levé les yeux de son bloc-notes.

"Mon fils pêche pendant ses jours de congé. Le médecin dit que c'est bien, que je ramasse des vers."

Il acquiesce. "Juste les faits, s'il te plaît." Il aurait tellement voulu qu'elle en vienne au fait.

"J'ai entendu des cris et des voix qui s'élevaient."

Il s'est redressé, de nouveau intéressé. "Celle d'une femme ? Celle d'un enfant ?"

"Une femme, oui. Et un homme."

Il fit un signe de tête pour qu'elle continue.

"J'ai fini de récupérer les vers et tout est devenu silencieux. Je suis retournée à l'intérieur."

"Tu as une idée de qui était l'homme ou de quand il est arrivé ?"

Elle fronce les sourcils. "Les hommes allaient et venaient dans cette maison. Il me faudrait une liste exhaustive pour en garder la trace." Elle a ramassé un roman de poche et s'est éventée. "Oh, je me souviens d'autre chose. Ça m'est venu comme ça. Le vendredi vers midi, quand elle est rentrée - Mme Walker, une voiture attendait. Elle l'a laissée entrer dans le garage."

"Alors que s'est-il passé ?"

"Je me suis endormie. Il m'arrive de dormir ici, dans mon fauteuil. Mais je l'ai entendu, distinctement - un bruit de bourdonnement. Comme une tondeuse à gazon, ou."

"Une scie ?"

"Ça aurait pu être une scie."

"Oh", dit-il. "As-tu vu le véhicule partir ?"

"Non." La porte d'entrée s'est ouverte en hurlant, puis s'est refermée en claquant. "Charlie ?", a-t-elle appelé. Charlie était son fils chauffeur de taxi, et après les présentations, elle l'a mis au courant de la conversation.

"Je suis rentré à la maison pour déjeuner vendredi après-midi", a-t-il dit. "Maman s'était assoupie sur sa chaise, mais le bruit l'a réveillée. Je l'ai entendu en revenant de ma voiture. Pour moi, ça ressemblait vraiment à une scie électrique."

"Vous êtes tous les deux sûrs de l'heure ?"

Ils acquiescent.

À l'étage, Miller a entendu le raclement d'une chaise contre le sol. "Y a-t-il quelqu'un d'autre dans la maison ?"

Pour la première fois, la femme semblait nerveuse, et elle se tordit les mains en parlant. "Oui, c'est mon autre fils. Je monte dans une minute !" cria-t-elle, sans chercher à se lever.

Un bruit, comme celui d'un animal blessé, résonna dans la maison. Après deux tentatives, elle était sur ses pieds. "Ils disent qu'il n'a pas toute sa tête, mais c'est quand même mon fils".

"C'est bon, maman", dit Charlie en lui tapotant le bras au passage.

"J'aimerais le rencontrer", dit Miller.

"Bien sûr - monte", dit Judy en montant le premier escalier tout en s'accrochant aux rampes de chaque côté. Miller est à l'arrière. Arrivée en haut des marches, elle frappa doucement avant d'entrer. "Nous avons un invité qui souhaite te voir, mon amour, c'est un policier".

Miller entra d'un coup de coude et tendit la main à l'homme - qui ne lui rendit pas la pareille. Au lieu de cela, il s'est assis avec les doigts de sa main droite sur le clavier d'un petit ordinateur portable. L'homme regarde par la fenêtre le passage d'une voiture et clique sur le clavier.

Il a traversé la pièce pour regarder de plus près. L'homme était en train de taper le numéro de la plaque d'immatriculation de la voiture de patrouille qui se trouvait à l'extérieur. Pas seulement le croiseur, mais tous les véhicules qu'il pouvait voir. "Tu t'intéresses aux véhicules, ou aux numéros de plaques d'immatriculation ?" demanda-t-il.

"Non, non, noooo !" s'écrie-t-il en se frappant les côtés de la tête avec ses deux poings.

"Gérald, maintenant tu arrêtes ça !" dit sa mère en lui attrapant les deux poings puis après qu'il se soit calmé en l'embrassant sur le front en les relâchant. "Le gentil monsieur ne faisait que montrer de l'intérêt pour ton travail".

Gerald tapote sur son clavier.

"Nous y allons maintenant, ne sois plus grossier et n'embarrasse plus ta mère. Continue à faire de l'excellent travail." Elle a refermé la porte derrière eux. Dans l'escalier, elle a dit : "Il a des problèmes."

"Comme nous tous", a répondu Miller. De retour dans la salle de séjour, Charlie n'était plus là.

Il attendit qu'elle s'asseye, avant de s'asseoir lui-même. "Tu as qualifié ce qu'il faisait de travail, qu'est-ce que tu voulais dire ?".

"Tu as déjà entendu parler du terme hexakosioihexekontahexaphobie ou triskaidekaphobie ?" demanda-t-elle.

"J'ai bien peur que non. Mais le terme phobie se démarque. Il a des phobies, de quoi s'agit-il ?"

"Il a peur des chiffres comme soixante-six et treize. Il n'y a pas de rime ni de raison pour expliquer pourquoi. Lorsqu'il a rencontré une psychiatre, elle lui a suggéré de tenir un registre des lettres ou des chiffres. Il enregistre les numéros de plaques d'immatriculation, ils sont plus faciles à voir pour lui car il est dans sa chambre la plupart du temps."

"Cela pourrait nous être bénéfique, de voir ce qu'il a enregistré. Depuis combien de temps fait-il cela ?"

"Des années, et oui, cela pourrait être organisé, si cela peut aider".

"Je ne sais pas si vous le savez, mais Jennifer Walker a disparu. Toute information sur ses allées et venues serait utile."

Il lui tend sa carte. "Il y a mon adresse électronique. Si tu peux m'envoyer le dossier, il n'a pas besoin d'être arrangé ou joli. Je laisserai mes collaborateurs le consulter et voir s'il y a quelque chose d'utile."

Elle l'a raccompagné à la porte et lui a dit au revoir. Alors qu'il s'éloignait, Miller vit les rideaux de l'étage s'ouvrir un peu puis se refermer.

Ce jeune homme à l'étage possédait un trésor d'informations. Peut-être un registre de tous les numéros de plaque d'immatriculation de tous les véhicules qui sont jamais arrivés dans la rue.

Il se demanda si les voisins savaient que leurs véhicules et ceux de leurs invités étaient étiquetés. Il sourit. S'ils le savaient, ils n'aimeraient certainement pas ça - et c'était probablement contraire à toutes les lois sur la protection de la vie privée. Pourtant, il avait un meurtre à élucider et une femme disparue à retrouver - et il utiliserait tous les moyens à sa disposition pour trouver la cause sous-jacente.

En retournant au commissariat, il pense à la facilité avec laquelle Abe a trouvé le voisin fouineur. Il avait un bon instinct et l'avait repéré rapidement, et c'était la première fois qu'il visitait le quartier. Il était juste de penser que tous les voisins connaissaient l'habitude de Judy Smith de mettre son nez dans leur vie. Est-ce pour cela que la personne qui a découpé le corps l'a laissé là, sous les couvertures, au lieu de s'en débarrasser ?

Il retourne au commissariat. Il avait beau essayer, il ne parvenait pas à chasser de ses narines l'odeur nauséabonde de la mort. Il consulte son courrier électronique, rien de la part de la femme Smith pour l'instant.

Sans message ni nouvelle information à suivre, il se dirigea vers la morgue. Au moins, il pourrait les mettre au courant des dernières informations - Jennifer Walker portait une perruque. Maintenant, il va devoir élargir son champ d'action.

Il n'y a pas grand-chose d'autre qu'il puisse faire tant qu'ils n'ont pas identifié le mort. Il aimerait pouvoir se souvenir de l'endroit où il l'a vu. Mais ce souvenir est hors de portée.

Une chose dont il était certain, c'est que l'homme ne préparait rien de bon.

CHAPITRE 24

ABE ET EL

Lorsqu'il est rentré chez lui, Abe est allé directement dans son bureau. Il avait besoin d'être seul pour assimiler tout ce qu'il avait vu.

"Toc, toc", dit El en entrant. "Tu as l'air troublé, mon amour", a-t-elle doucement massé l'épaule de son mari.

"Je réfléchis", dit-il en se redressant dans le fauteuil. El a continué à lui masser les épaules puis ses mains se sont dirigées vers son cou.

Quand ses doigts ont commencé à lui faire mal, elle a demandé : "Veux-tu une tasse de thé bien chaude ?".

Abe se lève. "J'aimerais bien, mais je vais le chercher moi-même." Il quitte le bureau.

El lui emboîte le pas : "Et si je t'en préparais une ? J'aurais bien besoin d'une tasse de thé moi aussi."

"Non, laisse-moi faire", dit Abe alors qu'ils s'approchent de la cuisine. El le suivait de près.

"Tu vas arrêter de faire des histoires !" Abe dit, un peu plus fort qu'il ne s'y attendait.

"Est-ce que tout va bien ?" demande Benjamin.

El répond : "Tout va bien. Nous sommes en train de décider qui fait la meilleure tasse de thé. Pour l'instant, Abe pense qu'il gagne. Maintenant, retournez regarder votre match."

Benjamin et Katie qui s'ennuient devant la télévision l'éteignent et se mettent à jouer à un jeu de dames.

"Ne me laisse pas gagner cette fois-ci !" dit Katie.

"Je ne gagne jamais !" Benjamin a dit, par-dessus le cliquetis et le choc des tasses et des soucoupes dans la cuisine.

Quelques instants plus tard, El a passé la tête dans le salon. "Qui gagne ?" demande-t-elle.

"Chut", dit Katie. "Il se concentre."

Benjamin sourit.

"C'est une belle journée ensoleillée dehors et je pense que vous devriez sortir tous les deux pour prendre l'air. Ou peut-être, taper dans un ballon !"

"C'est une idée intelligente. Allez, viens !" dit Benjamin.

"Il dit ça uniquement parce que je suis en train de gagner !" Katie roucoule, alors qu'elle le suit vers la sortie et le jardin de derrière.

Depuis le meuble à alcool situé dans le coin de la même pièce, El a versé dans un verre un shot du scotch de cinquante ans d'âge préféré d'Abe. Elle a ajouté une goutte de soda. Elle lui apporte le verre.

"J'ai pensé que quelque chose de plus fort pourrait peut-être calmer tes nerfs".

Il a souri et l'a remerciée, en lui touchant la main. "Je suis désolé, El."

Elle l'a embrassé sur le front, puis s'est dirigée vers la fenêtre de la cuisine qui donnait sur le jardin. El a ri et Abe l'a bientôt rejointe. Ensemble, ils ont regardé les deux enfants courir et jouer dans le jardin.

Abe but quelques gorgées et se détendit, espérant que le sac mortuaire qu'il avait vu à la maison ne contenait pas le cadavre de Jennifer Walker, la mère de Katie.

CHAPITRE 25

SGT. MILLER

Miller est arrivé à la morgue et a eu une brève discussion avec le chef du service de pathologie médico-légale, J. T. Patterson, qui a ensuite dû le quitter pour s'occuper d'une identification.

Quelques instants plus tard, les techniciens de l'autopsie sont arrivés avec le sac mortuaire de la maison des Walker. Une fiche d'identification y était jointe, ainsi qu'un conteneur portant la mention Effets personnels. Un photographe a pris des photos pendant que le sceau était retiré. Puis le corps a été placé sur la table d'examen. Miller est resté à l'écart, pendant que le corps était déballé par les dentistes.

Patterson est revenu dans la pièce et l'a pris à part. "Un agent de la police provinciale est à l'étage, dans la salle d'observation. Il vient d'identifier le corps de sa femme."

"Lévesque ?" demande Miller.

"Oui, tu le connais ?"

"Non, mais c'est moi qui ai signalé le corps et d'après les informations que j'ai vues dans la base de données, j'ai pensé que c'était elle."

"Ça te dérangerait de discuter avec lui ? De là-haut, tu pourras voir tout ce qui se passe ici en bas. Il faudra attendre un peu avant de commencer l'autopsie."

"Bien sûr."

"Une fois que nous aurons commencé, n'hésitez pas à poser des questions. Nous pourrons vous entendre et vous répondre, même si nos réponses ne seront peut-être pas immédiates. Notre priorité est le corps de la personne."

"Et à juste titre", dit Miller. Puis il a quitté la pièce, s'arrêtant brièvement en chemin pour prendre une tasse de thé chaud au distributeur. Il la tend à Lévesque, se présente puis dit : "Je suis désolé pour votre femme."

"Merci. Elle était tout pour moi, mon monde entier. Nos enfants n'ont pas survécu non plus. Cela lui a brisé le cœur. C'est pourquoi nous avons déménagé ici, pour changer d'air et repartir à zéro." Il a retenu un sanglot, puis a bu une gorgée du thé chaud. "Bien", dit-il.

"Je suis vraiment désolé."

"Merci."

Miller et Levesque se sont assis côte à côte pendant que le personnel en bas se préparait à commencer l'autopsie.

"On peut aller ailleurs ?" dit Miller.

"Non, ce n'est pas ma femme. Je vais bien."

Patterson est retourné dans la salle d'autopsie en contrebas, vêtu d'une combinaison, d'une marque chirurgicale, de gants et de hautes bottes noires. Miller et Lévesque l'ont regardé prélever des échantillons et les mettre dans des récipients qui ont été, ensuite, placés dans des armoires de biosécurité.

Lorsqu'il est apparu qu'ils avaient terminé, Miller a demandé : "Euh, que savez-vous jusqu'à présent ?"

"Merci d'avoir attendu", a répondu Patterson. "D'après les ecchymoses autour du nez et de la bouche, et l'état injecté de sang de ses yeux, la mort par étouffement est très probable. Nous devons cependant attendre que les échantillons de sang reviennent du laboratoire pour le confirmer."

"Donc, il était mort, avant d'être coupé en deux ?".

"Je dirais que oui", confirme Patterson.

"Je connais cet homme", dit Lévesque en manquant de renverser sa tasse de thé qu'il posait maintenant sur le rebord.

Miller s'est rapproché. "Qui est-ce ? Je le reconnais aussi, tout comme mes officiers, mais aucun d'entre nous ne se souvenait de l'endroit où nous l'avions vu."

"Il s'appelle Mark Wheeler. Nous avons enquêté sur lui et ses associés dans le commerce de la drogue. C'est le fils de F. D. Wheeler, le milliardaire et magnat des médias."

Miller se souvenait maintenant ; il avait rencontré le père et le fils lors d'événements de collecte de fonds. "Le nom de Jennifer Walker te dit quelque chose ?"

"Oui, elle était sa dernière conquête - son petit bout de chemin. Que lui est-il arrivé ?"

"On l'a trouvé comme ça chez elle et elle a disparu".

"Est-elle suspecte ?"

"Sans aucun doute. Et écoute ça, son corps a été coupé en deux avec une scie. Positionné dans le lit, comme s'il était assis à côté de lui-même."

"On dirait une déclaration."

"Une déclaration faite par qui ? Et pour qui ?"

"Ça, je ne le sais pas", a déclaré Lévesque.

Miller a ajouté. "Jennifer Walker avait une petite fille ; le saviez-vous ?"

"Non, je ne le savais pas. A-t-elle disparu elle aussi ?"

"Non, elle est en sécurité, mais aucun signe de sa mère. Et cette maison était en désordre. Elle ne peut pas y retourner."

Lévesque se lève. "Je suis désolé d'entendre ça, mais ils m'attendent au funérarium. Si je pense à quoi que ce soit qui puisse aider, je vous le ferai savoir. Je vous remercie pour vos bons mots et pour la tasse de thé." Il a jeté la tasse vide dans la poubelle et a quitté la pièce.

Patterson, voyant Levesque partir, dit : " Je t'appellerai quand nous saurons quelque chose de définitif. Ce n'est pas la peine de rester dans les parages. Il faudra des jours avant que le laboratoire ne reçoive les résultats de certaines choses, d'autres, peut-être quelques heures si nous avons de la chance."

"Merci."

Miller retourne au poste et clique sur le nom de Mark Wheeler dans la base de données. Il y avait beaucoup d'informations sur lui, bonnes et mauvaises. Surtout des mauvaises cependant, car il était très impliqué dans le jeu de la drogue. Il passe l'après-midi à remplir des rapports et envoie deux agents informer les proches.

Miller s'affairait au poste, vérifiant où on avait besoin de lui, quand plusieurs heures plus tard, Patterson l'appela. "Les résultats viennent d'arriver : la cause du décès est la suffocation. J'avais raison - il était mort quand ils l'ont coupé en deux."

CHAPITRE 26

RETOUR À LA MAISON

IL EST PRESQUE MINUIT. La maison était silencieuse à l'exception d'un seul son, celui des pieds nus d'Abe qui claquaient sur le parquet en faisant les cent pas. Il était en grande partie habillé, à la barre de ses chaussettes et de ses chaussures. Il soupira, mit ses mains derrière son dos et marcha. Puis il s'est retourné et a fait les cent pas dans la direction opposée.

El, en chemise de nuit, se tamponnait les joues et le front avec de la crème froide. Elle a relevé son oreiller et a pris un livre de poèmes de Mary Oliver sur la table de nuit et a commencé à lire. Même si Mary était sa poétesse préférée, El n'arrivait pas à se concentrer sur les mots ou le rythme des vers.

Elle a fermé le livre, remonté les couvertures et regardé son mari marcher de long en large. Finalement, elle a demandé : "Qu'est-ce qu'il y a mon amour ?"

Abe s'est arrêté une seconde, puis a repris son ambulation.

"Dis-moi. Tu sais ce qu'on dit à propos d'un problème partagé."

"Je ne peux pas."

El a retourné le lit et a enfilé ses pantoufles. Elle a pris Abe par la main et l'a installé à l'extrémité de son côté du lit. Elle s'agenouilla, berçant sa tête entre ses mains, puis entreprit de lui masser les tempes. Abe résista d'abord, surtout parce qu'il était trop fatigué, mais bientôt sa respiration se calma. Elle défit ses boutons et enleva sa chemise, puis la remplaça par sa chemise de nuit. Elle tente de défaire son pantalon.

"Je peux faire le reste moi-même", dit Abe en défaisant son pantalon et en tirant sur ses sous-vêtements.

El a ramassé les vêtements sales et les a mis dans le panier à linge. Lorsqu'elle revint, Abe se tenait debout comme un petit garçon qui attend que sa mère le borde dans son lit.

"Comme tu veux", dit-elle en le conduisant par la main, en ébouriffant son oreiller, en l'installant sous les couvertures.

"Merci, mon amour", dit-il en baillant.

El retourna de son côté du lit et enleva ses pantoufles. Elle se glisse sous les couvertures, ou essaie de le faire, mais comme toujours, c'est son mari qui s'accapare la plus grande partie de la chaleur.

Elle déplaça tranquillement son oreiller, essaya de se réinstaller, mais n'y parvint pas. Au lieu de cela, elle a écouté sa respiration changer, et elle a su qu'il dormait profondément.

Le clair de lune entrait par les rideaux, projetant une ombre magique de son côté du lit. Elle s'assoupit, se rappelant le jour où elle a rencontré son mari pour la première fois.

Son père et elle travaillaient dans l'entreprise familiale. Ils vendaient des tissus du monde entier et tous les accessoires liés à la couture qui leur tombaient sous la main. Son père était fier de vendre les machines à coudre les plus récentes et les plus modernes. Sa mère, dont elle n'avait aucun souvenir, avait été la source d'inspiration du magasin. Sa mère était morte en donnant naissance à sa sœur.

Lorsqu'ils ont démarré l'entreprise, son père et elle ont fait la plus grande partie du travail. Sa sœur les aidait quand elle le pouvait. Les tissus les plus vendus et les plus recherchés étaient ceux importés d'Asie et d'Europe.

Puis un jour, un vendeur de tissus est arrivé : Abe. Son père l'avait rencontré lors d'une conférence d'achat à New York. Il ne tarit pas d'éloges sur le jeune homme, affirmant qu'il est né pour être un "toucheur de tissus".

"Ce garçon a un don", a dit son père. "Un don de dieu, pour sentir la qualité et reconnaître les tendances avant qu'elles ne deviennent des tendances dans l'industrie du tissu".

"Pourquoi ne l'embauchons-nous pas, père ?" demande El.

"Je ne pense pas que nous puissions nous le permettre. Mais je l'ai invité à dîner. Tu peux préparer ton poulet frit spécial, des biscuits et de la purée de pommes de terre. Nous pourrons découvrir si le chemin vers le cœur d'un homme se fait vraiment en le nourrissant."

Elle rit, mais elle est excitée à l'idée de rencontrer ce nouvel homme. Cet Abe, avec le cadeau.

Cet après-midi-là, il est arrivé à la boutique. Elle s'est tout de suite doutée que c'était lui. Il mesurait un peu plus d'un mètre quatre-vingt-dix, était vêtu d'un costume gris qui lui allait comme une seconde couche de peau. Ses cheveux blonds étaient gominés, bien rangés, sans trop d'huile. Elle fut attirée par lui, comme une abeille par le basilic, tandis qu'elle le regardait passer ses doigts dans leur sélection de tissus importés les plus chers.

Son père traversa le magasin à grands pas pour aller à sa rencontre. "Bienvenue, Abraham", dit-il alors qu'ils se serrent la main. "Voici ma fille, El".

"Je préfère qu'on m'appelle Abe", dit le jeune homme.

El a rougi, elle n'avait jamais entendu quelqu'un être en désaccord avec son père. Aujourd'hui encore, quand elle pensait à ce moment, ses joues devenaient chaudes.

Puis il y a eu d'autres moments. Un moment plus puissant où elle a eu la chair de poule sur les bras. C'était une connexion magique. Ils étaient faits l'un pour l'autre. Comme cadeau de mariage, son père leur a offert la boutique.

Deux ans plus tard, son père est mort et sa sœur a déménagé pour fonder une famille avec son mari. Pendant ce temps, Abe et elle ont continué à faire tourner l'affaire, malgré des temps très difficiles.

El, qui avait toujours voulu des enfants, n'arrivait pas à tomber enceinte. Après avoir effectué des tests, il a été confirmé qu'elle ne pouvait pas concevoir. Elle craignait de décevoir Abe, mais cela ne le dérangeait pas - ou si c'était le cas, il ne le lui a pas fait savoir. L'entreprise est devenue leur bébé.

Puis, alors qu'ils étaient mariés depuis dix-neuf ans, un jeune garçon est entré dans la boutique. Abe observa le jeune à l'air dépenaillé, s'attendant à ce qu'il vole quelque chose, prêt à appeler la police.

El a fait remarquer : "Regarde, il touche aussi aux tissus."

Ils se sont approchés du garçon, qui a immédiatement fondu en larmes.

"Tu veux une tasse de cacao ?" demande El.

Il a acquiescé et l'a suivie dans la cuisine, avec Abe à la traîne. Elle lui a préparé une tasse de cacao chaud avec deux tranches de pain grillé beurré et ils se sont assis ensemble à la table.

Le garçon tendit la main pour prendre une tranche de pain, puis regarda et cacha ses mains sales.

"La salle de bain est juste au bout du couloir", dit El. "Tu pourras t'y rafraîchir."

Pendant qu'il était parti, Abe a dit : "J'espère que tu n'as pas mordu plus que tu ne peux mâcher, mon amour. Il est évident qu'il est en fuite. Il sent mauvais et - ne devrions-nous pas appeler la police pour qu'ils découvrent qui il est ?"

"Il est petit et inoffensif. Vois s'il veut d'abord nous parler de son sort. Nous pourrions peut-être l'aider."

"Comme tu voudras", dit Abe lorsque le garçon revint les mains propres et le visage étincelant de propreté.

Il mangea le toast en premier, puis souffla sur le chocolat chaud et l'avala. "Merci."

"Oh, de rien", dit El. "Y a-t-il quelqu'un que tu voudrais que nous appelions, pour qu'il vienne te chercher ? Ta mère ou ton père ?"

Il fond en larmes. "Ils sont morts."

El est allée vers lui, et elle a jeté ses bras autour de lui, tandis qu'il expliquait l'accident de voiture, le placement en famille d'accueil, tout ce qui lui était arrivé de mal. Et surtout, qu'il ne pouvait pas revenir en arrière.

"J'ai un ami au commissariat", a dit Abe. "Il pourra peut-être t'aider."

El a pris le garçon dans ses bras, pendant qu'ils attendaient l'ami d'Abe. "C'est un homme gentil", dit-elle. "Il saura quoi faire." Le garçon s'est blotti contre elle.

Le sergent Miller est arrivé un peu plus tard, mais El avait déjà offert la chambre d'amis au garçon, en attendant de trouver une solution plus permanente. C'est ainsi qu'ils sont devenus une famille.

Maintenant, ils dépendent tous les uns des autres et le magasin ne vend plus de tissus. Pourtant, elle avait deux toucheurs de tissus dans sa vie, et qui sait quand on aura à nouveau besoin de leurs talents. Elle savait que tout était cyclique.

El regarda son mari endormi. Elle a embrassé son doigt et l'a pressé sur son front, en prenant soin de ne pas le réveiller. Il sourit, juste au moment où Katie poussa un cri dans le couloir.

CHAPITRE 27

KATIE

"**K**ATIE", CHUCHOTE UNE VOIX. "Katie."

"Maman, où es-tu ?"

La petite fille se frotta les yeux, d'abord incapable de se souvenir de l'endroit où elle se trouvait. Elle a rejeté les couvertures et a posé le pied sur le sol froid. Elle s'est ensuite déplacée vers l'autre côté de la pièce et a allumé la lumière. Elle se dirigea alors vers la fenêtre où les rideaux se balançaient.

"Maman, c'est toi ?"

La bouche d'aération dans le sol sous la fenêtre, la chaleur qui en émanait, l'attirait comme un aimant. Lorsqu'elle a posé le pied sur la bouche d'aération, sa chemise de nuit s'est gonflée autour d'elle, se remplissant de la chaleur qui s'en dégageait.

"Katie", chuchote encore la voix. "Où es-tu, Katie ?

"J'arrive, maman", dit-elle en essayant de regarder par la fenêtre, mais elle était trop haute pour qu'elle puisse l'atteindre.

"Je t'attends", a dit sa mère. "Je t'attends ici."

Frénétiquement désireuse de la voir, l'enfant chercha quelque chose sur quoi se tenir. Elle a retiré d'une table un vase contenant des tournesols, l'a traîné sous la fenêtre. Elle a poussé le lit à côté. Elle se mit debout d'abord sur le lit, puis sur le tabouret. Ouvre les rideaux. Il faisait nuit noire dans la rue en contrebas, à part la lueur des réverbères.

"Maman !", a-t-elle appelé en essayant d'ouvrir la fenêtre. Comme elle n'arrivait pas à atteindre la serrure du haut, elle a serré les poings et a tapé sur la vitre.

"Katie", chuchote sa mère. "Katie."

"Attends, maman, s'il te plaît, attends-moi."

Elle est descendue de la table, est montée sur le lit, a foulé le sol et s'est dirigée vers l'étagère. Elle a soulevé à deux mains un serre-livre en forme de lettre A. Elle l'a placé sur le lit, tout en grimpant dessus. Puis elle l'a placé sur la table, tout en grimpant dessus. Elle a soulevé le A et l'a lancé sur le verre.

Le verre se brisa à l'intérieur et à l'extérieur, l'attrapant elle et ce qui l'entourait avec des éclats.

"Maman ! s'écria-t-elle.

Elle dormait encore profondément, tremblante, en regardant par la fenêtre brisée.

CHAPITRE 28

EL ET KATIE

E L ET BIENTÔT BENJAMIN se sont frayés un chemin le long du couloir jusqu'à la chambre de la petite Katie. Quand ils l'ont trouvée, éclairée par la lune, en boule sur le sol près d'une table renversée. Ses cheveux blonds et sa chemise de nuit bougeaient ensemble comme si la brise de la fenêtre ne faisait qu'un avec le souffle de la petite fille. Ils ont remarqué que du sang s'accumulait autour d'elle. Comme un fantôme qui se lève dans la nuit, elle s'est levée et a appelé : "Maman !".

"Attention, ne la réveille pas", a chuchoté El.

Ils ont regardé les vrilles des rideaux flotter vers elle. L'expression de son visage, le regard vide vers le néant effraya Benjamin. Pendant quelques secondes, il oublia de respirer.

L'ombre de la lune a dérivé sur elle. Elle accentuait ses blessures. On aurait dit qu'elle était sur une île, entourée de verre.

Benjamin a poussé à côté, "Arrête, ne bouge pas", a chuchoté El, mais il n'a pas écouté. Il a balayé le sol et a attiré Katie dans ses bras. Son corps est devenu mou. Il est resté là à attendre, incapable de bouger à cause de la peur qui murmurait son nom.

El est revenu, portant la trousse de premiers soins.

Il l'a placée sur le lit.

"Mets de l'eau chaude dans un bol pour moi". Il n'a pas bougé. "Benjamin, de l'eau chaude. Et un gant de toilette et des serviettes."

Il a acquiescé et a quitté la pièce, pendant qu'El évaluait la situation. Elle avait suivi une formation d'infirmière, il y a très longtemps, avant de rencontrer Abe. Elle espérait pouvoir se souvenir de ce qu'il fallait faire.

Le bruit des gouttes de sang qui tombent sur les draps blancs et propres la sortit de ses pensées. Elle s'est mise à travailler sur les blessures en utilisant une pince à épiler pour retirer les petits éclats. Katie est restée endormie.

"Elle a dû faire du somnambulisme", chuchote Benjamin.

"Tiens-la bien, que je puisse vérifier s'il y a des morceaux de verre et les retirer".

"Devons-nous appeler le 911 ?"

"Je ne pense pas", dit El, "je pense qu'on peut se débrouiller". Elle a continué, jusqu'à ce que toutes les blessures soient désinfectées et enveloppées.

Katie gémit, mais ne se réveille pas.

CHAPITRE 29

VERRE BRISÉ

"**N**OUS DEVONS LA TOURNER sur le côté, maintenant", dit El.

Benjamin met Katie sur le côté, tandis qu'El examine ses pieds. Seuls quelques éclats de verre ont traversé la surface des pieds de Katie. La plupart étaient simplement collés à la peau près de la surface et faciles à retirer.

Sa respiration s'est accélérée à plusieurs reprises, mais elle n'a pas ouvert les yeux. El a mis un linge chaud sur les pieds de Katie et les a enveloppés maintenant que le saignement s'était arrêté. Elle a ensuite surélevé les deux pieds sur un oreiller.

"Je vais rester ici toute la nuit", dit El. "Je ne veux pas prendre le risque de la laisser toute seule, ni de la réveiller quand je me lèverai du lit".

Benjamin est allé voir de plus près la fenêtre brisée. Il a d'abord pensé que quelqu'un avait essayé d'entrer par effraction, puis il a vu le serre-livre par terre. Il l'a ramassé et l'a remis sur l'étagère. "Je reviens tout de suite", a-t-il dit.

Il se rendit au sous-sol. Il a trouvé une feuille de plastique appropriée pour être masquée avec du ruban adhésif sur la fenêtre jusqu'à ce qu'ils puissent la réparer. Après avoir collé le ruban adhésif, il a balayé autant de verre qu'il le pouvait.

Épuisé, il s'est installé au bout du lit et s'est endormi.

Le vent sifflait de temps en temps à travers les interstices du ruban adhésif, mais aucun des trois dormeurs n'était réveillé par ce sifflement.

CHAPITRE 30

WAKEY-WAKEY

L E CHANT D'UN GEAI bleu à l'extérieur de la fenêtre de la chambre fait ouvrir les yeux à Abe. Il bâille et s'étire. Remarquant que sa femme n'était pas là, il l'appela par son nom. Comme elle ne répondait pas, il vit que ses pantoufles avaient disparu. "El !" appela-t-il en se dirigeant vers le couloir.

Arrivé à la chambre de Katie, il s'arrêta et regarda à l'intérieur. El était là, et Benjamin aussi.

"El ?" chuchota-t-il ; elle ne se réveilla pas.

C'est alors qu'il entendit un sifflement suivi de clapets. Il se dirigea sur la pointe des pieds vers la fenêtre pour enquêter.

Les rideaux étaient de travers et la vitre avait été temporairement réparée avec du plastique et du ruban adhésif. Incapable de comprendre, il quitta la pièce en fermant la porte derrière lui et se rendit à la cuisine.

Le soleil se levait dans le ciel d'un bleu profond, tandis qu'il remplissait la bouilloire et regardait un nouveau jour naître. Sur sa liste de choses à faire, il devait maintenant appeler les gens de l'assurance pour qu'ils viennent évaluer les dégâts, mais avant tout, il devait découvrir ce qui s'était passé.

Son estomac gargouille, alors il enfourne deux tranches de pain grillé et appuie sur le levier. En se dirigeant vers le réfrigérateur, il a attrapé un mug et une cuillère. Pendant que la bouilloire finissait de chauffer, il a sorti le lait et le beurre du réfrigérateur et a mis un sachet de thé dans son mug. Il versa l'eau chaude et fumante, juste au moment où le pain finissait de griller.

"Bonjour", bredouille Benjamin.

"Bonjour, mon fils", dit Abe.

Quelque chose d'inaudible de la part de Benjamin.

"Assieds-toi tout de suite, la bouilloire est chaude et je vais te verser une tasse de thé".

Benjamin obéit sans parler.

"Tu veux une tranche de pain grillé ?"

L'adolescent acquiesce.

Abe retira ses tartines grillées et fit sauter une tranche, puis une autre. Il mit un sachet de thé dans une deuxième tasse et y versa de l'eau, en la remuant pour qu'elle s'infuse super rapidement.

L'homme plus âgé savait que le temps était compté, sinon Benjamin s'endormirait à nouveau - et il serait inutile pour le reste de la journée. Lorsque le thé est prêt, Abe retire le sachet de thé de la tasse, ajoute deux sucres, puis une goutte de lait.

Abe prit les mains du garçon qui reposaient sur la table et les posa une à une sur le mug de thé chaud.

Il regarda Benjamin sentir l'odeur du thé fumant et s'animer, avant d'en prendre une gorgée.

Voyant que le garçon était maintenant bien réveillé, Abe alla finir de préparer les toasts.

Abe regarda Benjamin se transformer, revenant au pays des vivants un peu plus minute par minute. Pendant ce temps, il boit son thé et mange le reste de sa tartine.

Les moments passent, où le soleil entre par la fenêtre et danse sur le profil du jeune homme. Lorsqu'il sembla pouvoir tenir une conversation, ou peut-être s'agissait-il d'une réflexion pleine d'espoir, Abe demanda : "Vas-tu me mettre au courant de ce qui s'est passé dans la chambre de Katie hier soir !"

"Non."

"Eh bien, je ne l'ai jamais fait."

"Non, à moins que tu ne me dises ce qui s'est passé chez Katie hier".

"Oh, je vois que tu es encore plus réveillée que je ne le pensais", dit Abe en riant. "Mais je ne peux pas."

"Et pourquoi pas ?" Benjamin dit en mordant dans la tartine. Le croquant et le beurre salé avaient si bon goût.

"Parce que mon vieil ami le sergent Miller m'a fait jurer de garder le secret. Si je pouvais te le dire, je le ferais. Maintenant, dis-moi ce qui s'est passé avec cette fenêtre. Je dois appeler l'assurance et je ne peux pas le faire tant que tu ne m'as pas dit ce qui s'est passé."

Benjamin continue de manger sa tartine.

"Alors, tu veux jouer au jeu des questions ? Question numéro un, est-ce que quelqu'un a essayé d'entrer par effraction et de prendre l'enfant ?"

Benjamin qui avait maintenant terminé son thé et ses tartines, s'est adossé à la chaise en mettant ses mains derrière la tête.

"Je pense qu'elle a dû faire du somnambulisme. D'après ce que j'ai pu voir, c'est le serre-livre qui a été utilisé pour briser la fenêtre. Mais je n'arrive pas à comprendre pourquoi. Rien de tout cela n'a de sens."

"Le pauvre enfant. Pourquoi ne m'as-tu pas réveillé ?"

Benjamin se penche encore plus en arrière, de sorte que les pieds avant de la chaise de cuisine se soulèvent du sol. "Le sergent Miller ne saurait jamais que tu m'as dit quoi que ce soit."

"La confiance, c'est la confiance. Soit tu le fais, soit tu le jures. Ou tu ne le fais pas. Cela dépend du genre de personne que tu es. Je tiens ma parole et mon ami aussi. Le sergent Miller et moi, nous nous faisons confiance et comme toi et moi, nous tenons notre parole." Abe remplit à nouveau sa tasse à partir de la théière. "Pour être honnête, je ne sais pas grand-chose. Il m'a même obligé à rester dans la voiture, à l'abri du danger. Je ne peux que supposer ce que je sais d'après les allées et venues, mais je ne veux pas transmettre de fausses informations."

"Tu as dû voir ou entendre quelque chose", dit Benjamin suivi d'un bruit de bave. Il savait qu'Abe n'avait pas l'intention de briser la confiance de son ami et changea de sujet.

"Tout s'est passé très vite, avec Katie. Elle a crié et nous nous sommes précipités. Elle avait des morceaux de verre dans les pieds. El les a enlevés. Je ne savais pas qu'elle avait une formation d'infirmière et c'est sûr que ça a été utile. Nous avons géré la situation et ce n'était pas la peine de te réveiller."

"Était-elle gravement blessée ? J'ai vu du sang sur le sol."

"El a confirmé que ses blessures étaient mineures. Katie a dormi pendant toute la durée de l'incident, pendant qu'El retirait les éclats de verre avec une pince à épiler et même lorsqu'elle a mis du désinfectant sur les coupures."

"As-tu remarqué, dit Abe, que l'enfant ne rit pas beaucoup ? Elle glousse de temps en temps, mais elle ne rit pas, comme un enfant devrait rire."

"Chaque personne est différente, peut-être est-elle simplement timide".

"Il y a aussi de la tristesse. Je veux dire derrière ses yeux. Quelque chose de familier et pourtant, qui interpelle."

"Je ne peux pas dire que j'ai remarqué quelque chose comme ça, tu es sûre que tu ne l'imagines pas ?".

"J'ai vu ce regard une fois, quand tu es arrivée chez nous pour la première fois", propose Abe.

"Moi ?"

"Peut-être pas de la peur, peut-être du chagrin ou de la tristesse, mais c'était constant, de la douleur, des remords, de la négligence. Tout en un. C'est toujours là, dans tes yeux, mais ton âme fait aussi jaillir un flot de lumière qui la domine, quelle qu'elle soit. Tu t'es trouvée, tu l'as conquise, tu as trouvé ta propre vérité. Mais la petite Katie a besoin d'être guérie, soignée comme je l'ai fait pour toi."

Benjamin mit un autre sachet de thé dans sa tasse, remua quelques fois, puis le retira, ajouta du sucre et du lait, puis prit une gorgée. "Elle et El ont un lien."

"Tu as raison sur ce point et je ferais mieux de me préparer à ouvrir la boutique. Préviens-moi quand le petit déjeuner sera prêt", dit Abe en plaçant sa vaisselle dans l'évier et en allant se préparer pour le travail.

Dans la salle familiale, Benjamin allume la télévision. Il reconnaît immédiatement la maison de Katie. Il y avait des caméras, des médias partout. La propriété était bouclée par du ruban jaune de la police. Quelque chose de grave s'était produit là-bas, il le savait déjà. Maintenant, il allait découvrir quoi. Il a augmenté le volume. Il s'est rapproché.

La journaliste portant un costume bleu marine et des lunettes à monture foncée se tenait près d'une camionnette blanche sur laquelle étaient affichées les initiales du réseau de télévision local.

"Ici Carly Wright, en direct de la rue Ontario où un corps a été découvert récemment. L'homme a été identifié comme étant Mark David Wheeler. Sa famille immédiate a été prévenue. La police recherche tout témoin qui l'aurait vu entrer dans cette maison derrière nous dont les résidents sont Jennifer et Katie Walker. (Elle brandit deux photos.) Toutes deux sont portées disparues et ont été vues pour la dernière fois près du front de mer vendredi matin."

Attends un peu, la mère de Katie avait les cheveux blonds sur la photo. Quand il l'a vue, ses cheveux étaient noirs - portait-elle une perruque ce jour-là au bord de l'eau ? Et si oui, pourquoi ?

Le journaliste poursuit . "Mark Wheeler est issu d'une famille bien connue dans cette région. Une famille qui a aidé de nombreuses associations caritatives au fil des ans. Les détails des funérailles et des visites suivront. Si quelqu'un a des informations sur Mme Walker ou sa fille, veuillez contacter votre police locale ou m'appeler."

Il a enroulé ses bras autour de lui en pensant à un cadavre dans la maison de Katie. Tout son corps s'est mis à trembler. Pour se changer les idées, il est retourné dans la cuisine et a branché la bouilloire. Pendant qu'elle bouillait, il a regardé par la fenêtre.

Les rayons du soleil embrassaient le trottoir, tandis que les écureuils soulevaient les feuilles et que les oiseaux entraient et sortaient de la mangeoire. Ils ne se doutaient pas qu'un meurtre avait été commis, ou qu'une petite fille s'était réveillée en hurlant, des éclats de verre incrustés dans sa peau. Leur vie continuait, de la même façon, peu importe ce qui arrivait aux humains dans les maisons qui les nourrissaient.

Lorsque la bouilloire siffla, il éteignit le brûleur mais ne prépara pas une autre tasse de thé. Au lieu de cela, il continua à observer la normalité à l'extérieur de la fenêtre de la cuisine, ne pensant à rien d'autre jusqu'à ce qu'il ne ressente plus l'envie de frissonner ou de trembler

.

CHAPITRE 31

KATIE ET EL

"MAMAN ! MAMAN !" Katie a crié, les yeux encore fermés.

Alors que le soleil du matin entrait à flots à travers le plastique battant, El a pris Katie dans ses bras. "Ça va aller, ma petite."

Katie a ouvert les yeux - elle n'était pas à la maison et elle n'était pas dans son propre lit. "Maman !", a-t-elle appelé. "Où est ma maman ?"

El l'a laissée partir quand elle s'est éloignée.

Benjamin qui avait entendu les cris de Katie a pris le relais. "Katie, tu vas bien et tout le monde cherche ta maman. Tu te souviens d'El ? Et tu te souviens de moi, Benjamin ?"

Katie a tendu la main et a pris celle de Benjamin puis celle d'El. Elle les a bercées contre ses joues pendant que les larmes coulaient, puis elle a remarqué les bandages sur ses mains. Elle a repoussé les couvertures d'un coup de pied et a vu les enveloppes protectrices sur ses pieds. "Qu'est-ce qui s'est passé ?"

"Nous espérions que tu pourrais nous le dire", a répondu Benjamin.

Katie a donné des coups de pied, alors qu'elle se débattait pour enlever les bandages. Lorsqu'ils se sont détachés, elle a essayé d'enlever ceux qu'elle avait sur les mains. El lui a attrapé les mains et a remis les couvertures sur ses pieds en fredonnant pour la calmer. En quelques minutes, Katie était affalée contre son épaule et se reposait tranquillement.

Quelques instants plus tard, Katie dit : "Je me souviens avoir entendu ma maman m'appeler."

"Dans un rêve ?" demande Benjamin.

El a rabattu les cheveux de Katie derrière son oreille.

"Est-ce que j'ai fait ça ?", a demandé la petite fille. "Est-ce que j'ai cassé la fenêtre ?"

"Chut maintenant mon enfant", a dit El. "Benjamin l'a réparée, et elle sera bientôt remise en état. La façon dont elle a été cassée n'a pas d'importance. Tout ce qui compte pour nous, c'est ta sécurité. Les fenêtres peuvent toujours être réparées."

"Mais pas moi ?" demande Katie.

El l'a prise dans ses bras. "Tu es parfaite telle que tu es".

Benjamin a demandé : "Tu te souviens de quelque chose ? De quoi que ce soit à propos du rêve ?"

"Maman m'appelait, c'est tout ce dont je me souviens".

Le trio s'assit tranquillement. El pensait à ce qui aurait pu se passer. Benjamin se disait qu'il était heureux qu'elle n'ait pas été enlevée ou blessée gravement. Katie se demandait où était sa mère et ce qu'ils allaient prendre pour le petit déjeuner.

"J'ai faim", dit-elle en tapotant son estomac qui gronde.

"La société de portage de Benjamin est à ton service", dit-il.

Katie enroula ses bras autour de son cou, s'accrochant fermement, et ils partirent vers la cuisine.

"Veux-tu être mon petit assistant pour les crêpes ?" demanda El. Katie a acquiescé et a souri ; Benjamin lui a trouvé une place sur le plan de travail. "C'est une recette familiale secrète", a dit El en cassant deux œufs dans la farine et en commençant à remuer. Quand c'était prêt, elle a utilisé une louche pour verser la pâte sur le gril chaud. "Ok, il est temps de les retourner. Tu vois comme ils font des bulles ?" Elle a aidé la petite fille à retourner les crêpes.

"C'est plus facile que je ne le pensais", a déclaré Katie. "Surtout avec ces grosses mitaines de four".

"Tu as déjà aidé ta maman à cuisiner ?"

"Parfois, mais elle ne m'a jamais laissé m'asseoir sur le plan de travail ou retourner des crêpes".

"Cuisiner peut être amusant."

"Pas couper les oignons - ils me font pleurer et je n'aime pas leur goût non plus".

El rit. "Je te montrerai un secret un jour, comment les couper sous l'eau, pour que tu ne pleures pas". Puis à Benjamin : "C'est bientôt prêt, tu peux le dire à Abe ?"

Katie rit. "Découper des oignons dans la baignoire ? C'est drôle, El. Mes pieds deviendraient tout puants."

"Non, idiote. Je veux dire dans l'évier. Mais tu as raison, si tu les coupais dans la baignoire, c'est sûr que tu aurais les pieds qui puent et tout le reste qui pue."

Katie et El ricanent, tout en mettant la table ensemble. Benjamin et Abe les rejoignent bientôt. Tout le monde a mangé à sa faim puis Abe a dit qu'il devait retourner à la boutique.

"Je vais nettoyer", dit Benjamin. "Mais ça prendrait deux fois moins de temps si tu me donnais un coup de main".

"Je suppose que les clients peuvent attendre", a dit Abe.

"Allons t'habiller", a dit El à Katie et ils ont quitté la cuisine.

Quand ils ont été hors de portée de voix, Benjamin a dit : "Il faut qu'on parle, Abe."

✳✳✳

"QU'EST-CE QU'IL Y A ?" Abe demande.

"Un homme nommé Mark Wheeler a été retrouvé mort dans la maison de Katie. C'est passé aux informations."

"Ah..."

"C'est tout ce que tu as à dire ?"

"J'ai besoin de réfléchir", dit Abe. "Autant travailler pendant qu'on range".

Quand tout a été remis à sa place, Benjamin est allé dans le salon et a cliqué sur la télévision.

"Tu ferais mieux de fermer la porte", a dit Abe, ce que Benjamin a fait.

"Je pensais que tu avais besoin de retourner à l'atelier".

"C'est vrai, mais en passant, j'ai vu qu'il y avait le journal télévisé". Il se déplace à travers la pièce et augmente le volume.

"J'aurais pu faire ça avec ça", dit Benjamin en tendant le convertisseur.

"C'est déjà fait", dit Abe en s'asseyant.

Un autre journaliste qui ressemblait à Clark Kent se tenait sur la pelouse de la propriété des Walker.

Il dit : "La famille de Mark Wheeler est bien connue dans cette communauté. Au fil des ans, leur générosité a touché et amélioré de nombreuses vies grâce à des dons à des associations caritatives et à des fondations. Cependant, les allégations concernant un lien avec la drogue, font l'objet d'une enquête."

"Oh non", dit Benjamin.

"Shhhh."

Le journaliste poursuit . "Nous recherchons les résidentes de cette maison derrière moi. Jennifer Walker et sa fille Katie Walker." Il brandit une photo. "Si quelqu'un a vu ou a des informations sur l'endroit où se trouvent Katie et Jennifer, merci de nous appeler, ou de prendre contact avec votre police locale."

"Et si quelqu'un nous voyait faire les courses avec Katie ?"

"Shhhh."

"Toute personne ayant des informations sur Mark Wheeler, peut appeler la ligne d'assistance confidentielle. Le numéro est en bas de l'écran." Il brandit à nouveau la photo de Jennifer et Katie. "Il est impératif que nous trouvions ces deux-là, avant qu'il ne leur arrive du mal. S'il vous plaît, si vous êtes dehors et que vous avez vu ou savez quoi que ce soit sur leur localisation - appelez la police. Toute information peut être utile. Même une information qui te semble insignifiante peut nous donner des indices qui nous permettront de les aider. Doug Falcon en direct de SJB TV."

Abe et Benjamin sont restés silencieux pendant quelques minutes. Puis Benjamin s'est souvenu que la mère de Katie avait les cheveux noirs le jour où il l'avait vue, et, sur la photo que le journaliste avait brandie, elle avait les cheveux blonds. Benjamin le mit au courant de ce souvenir.

"Oui, la voisine curieuse avec qui j'ai parlé, Judy Smith a mentionné la perruque".

"Tu veux dire que tu en as déjà parlé au sergent Miller ?"

"Je ne l'ai pas fait, mais j'aurais probablement dû le faire."

"Tu devrais certainement parler de la perruque au sergent Miller. Mais si quelqu'un sait que Katie est ici avec nous ? Et si c'est pour ça que la fenêtre a été cassée hier soir ? Katie a dit qu'elle avait entendu sa mère l'appeler. Était-elle dans la rue, en dessous de la chambre de Katie, en train de l'appeler ?"

Benjamin s'est levé d'un bond.

"Arrête", dit Abe. "Tout d'abord, tu as dit que le serre-livre avait été utilisé pour briser la fenêtre de l'intérieur. Katie était probablement en train de faire un cauchemar. De plus, le sergent Miller sait que nous avons Katie ici avec nous et il ne laisserait cette information à personne."

"Pourtant, nous l'avons emmenée un peu partout. Au magasin, au café. Quelqu'un l'a forcément remarqué. C'est une enfant qui a l'air particulière."

"Assieds-toi ici et ne t'inquiète pas. Je vais passer un coup de fil au sergent Miller, mieux encore, je vais faire un saut là-bas et lui dire un mot."

Il se dirigea vers la porte. "En attendant, restez à l'intérieur et dites à El de garder le magasin fermé aujourd'hui".

"Quelle raison dois-je lui donner ? Dois-je lui expliquer tout ce que nous avons appris sur Wheeler ?"

"Absolument pas. Assure-toi que si la télévision est allumée en présence de Katie, elle n'est jamais réglée sur les nouvelles."

"Je le ferai."

CHAPITRE 32

À LA GARE

ABE SE REND AU poste de police où une conférence de presse est en cours. Le sergent Miller est à la barre. Miller se tenait derrière un pupitre tandis que le micro était élevé à sa hauteur. Un groupe de journalistes s'est approché en brandissant des appareils photo. Un journaliste crie une question. Abe a joué des coudes pour se frayer un chemin à travers le cirque médiatique afin de monter les escaliers et d'entrer dans le bâtiment. Il détestait les foules, et se trouver au centre de ce chaos total n'était pas un endroit où il voulait être. Miller salua la présence d'Abe d'un signe de tête alors qu'il passait devant lui et entrait dans le bâtiment.

Un journaliste s'écrie : "Et l'enfant disparue ? Des pistes sur elle ?"

Un deuxième journaliste appelle : "Que savez-vous de la petite fille et de sa mère ? Comment étaient-elles impliquées avec Wheeler ?"

Miller a levé la main pour faire taire la couronne indisciplinée. Lorsqu'ils se sont calmés, il a répondu

: "Une question à la fois, s'il vous plaît. Tout d'abord, l'enfant a été portée disparue - elle n'est pas portée disparue. En fait, nous savons où elle, où se trouve Katie Walker - elle est sous la garde d'une famille d'accueil."

Une femme dans la foule a poussé un soupir audible. Pendant quelques secondes, une femme blonde s'est démarquée des autres. Il a détourné le regard une seconde, et elle avait disparu.

"Katie Walker a-t-elle été examinée par un médecin ?" demande un autre journaliste.

"Tout en temps opportun", a répondu Miller. "Nous avons besoin de ton aide pour retrouver la mère de l'enfant. Nous n'avons aucune piste."

Se souvenant que la mère de Katie était blonde - et non brune comme cela avait été rapporté à l'origine - il a scruté la foule à la recherche de la femme qu'il avait aperçue auparavant. Pas de chance. Il ne la voit nulle part.

"Je vais répondre à une dernière question et ne la gaspillez pas en me demandant où est l'enfant, tout ce que je peux vous dire, c'est qu'elle est saine et sauve." Il choisit le journaliste suivant pour lui poser une question : "Allez-y, Maggie." Il connaissait Maggie du journal local depuis des années. Elle n'était pas comme les autres. C'était une vraie journaliste.

"Bonjour, sergent Miller", dit Maggie.

Miller acquiesce.

Maggie a demandé : "Comme l'enfant, Katie est prise en charge, pourquoi avez-vous mis autant de temps à vous rendre chez elle et à enquêter ?" Bien que Maggie n'ait pas bougé, les journalistes qui l'entouraient l'ont fait. Ils se sont bousculés et ont poussé, réclamant d'être plus près.

"Eh bien Maggie," dit Miller, "l'enfant, je veux dire Katie, n'est pas un enfant. "L'enfant, je veux dire Katie Walker, a été abandonnée au bord de l'eau vendredi. L'adresse de son domicile n'a été portée à notre connaissance qu'hier."

"Faux", s'écrie un autre journaliste.

"Ça suffit", dit Miller en tapant du poing sur l'estrade et en reculant devant le micro.

Le même journaliste s'est écrié : "Nous avons parlé avec la voisine, une certaine Judy Smith. Elle a confirmé qu'un homme âgé s'était rendu à la maison la veille. Le même homme qu'elle a vu hier assis dans votre voiture de police."

Miller continua à marcher, ignorant le brouhaha, heureux que les journalistes ne soient pas assez intelligents pour faire le rapprochement puisque l'homme dont ils parlaient venait de leur échapper et d'entrer dans le bâtiment.

Avant d'entrer dans le commissariat, il se tourna vers les journalistes. "Vous avez posé vos questions. Maintenant, laissez-nous terminer notre travail et vous ferez le vôtre. Aidez-nous à trouver la mère de l'enfant. Merci pour votre temps." Il a poussé les portes tournantes et s'est rendu dans son bureau.

Abe, qui s'était mis à l'aise en restant assis, s'est levé pour serrer la main de Miller. Abe dit : "Nous avons vu la photo de Katie à la télévision et nous avons entendu parler du corps de l'homme mort. Quelle découverte macabre. Pas étonnant que tu aies été si silencieux quand tu m'as ramené chez moi."

"Tout cela dans l'exercice de nos fonctions", répond Miller. "Un café ?" Abe le décline d'un geste de la main. Miller poursuit : "Les journalistes sont avides d'une histoire, n'importe laquelle. Tu n'as pas entendu la dernière question. Cette femme - ta voisine fouineuse - a mentionné que tu avais visité la maison et que tu étais dans ma voiture de patrouille. Lorsque tu partiras, nous devons nous assurer que tu rentreras chez toi sans que personne ne te suive."

"Oh non", dit Abe. Il a regardé son ami de l'autre côté du bureau. Il avait l'air d'avoir vieilli au cours des derniers jours. "As-tu dormi ? Tu as une mine déconfite."

"Dormir ? Qu'est-ce que c'est que ça ? J'ai essayé de rassembler les pièces du puzzle, c'est un cas difficile. Nous pensions avoir une piste sur la mère, mais ça n'a pas marché. C'est comme si elle avait disparu sans laisser de traces." Son téléphone a sonné. "D'accord, merci de me tenir au courant."

"Aucune nouvelle piste ?"

Miller s'est rapproché. "C'était le médecin légiste. Un nouveau corps. Pas d'identité pour l'instant."

"Quelle est ton intuition ? C'est la mère de Katie ?"

"Je ne peux pas le dire parce que je ne sais pas."

"Et l'homme mort, qui était-il ? Je veux dire, je connais le nom. Il est lié à la drogue. Je ne peux pas croire qu'une mère mette son enfant en danger comme ça."

"Prétendument. Qui sait pourquoi les gens font ce qu'ils font ? Quand nous étions à la maison, il y avait une photo de Katie et Mark sur la cheminée. Ça paraît bizarre qu'une mère l'autorise, si elle avait l'intention de tuer son petit ami." Il marque une pause, craignant d'en dire trop, puis change de sujet : "Mais, oui, ses empreintes ont éclairé le système. C'est le mobile que nous nous efforçons de trouver."

"Un mobile, comme un coup de la mafia ?"

"Euh, ne laisse pas ton imagination s'emballer", dit Miller. "Pour ce qui est du mobile, ça, je ne sais pas". Le sergent Miller a décroché le combiné du téléphone. Lorsque la réceptionniste a répondu, il a dit : "Oui, j'ai besoin qu'un civil soit escorté hors du bâtiment." Il a écouté, puis a répondu : "Oui, par la porte de derrière. Assurez-vous qu'il ne soit pas suivi."

Abe s'est levé : "Mon cher ami, tu viens avec moi. Je parie que tu manques à ta femme et à tes enfants et que tu as besoin de dormir."

Le sergent Miller était d'accord avec Abe sur le principe, mais il avait trop à faire. Il a tout de même pris le temps de s'assurer que son ami était bien sorti du bâtiment et qu'il était sur le chemin du retour.

"La voie est libre", a déclaré le conducteur. Miller a fermé la portière de la voiture d'Abe, a regardé jusqu'à ce que la voiture soit hors de vue, puis est retourné à son bureau.

CHAPITRE 33

FLASHBACK BLOND

C'ÉTAIT UN BEAU DIMANCHE après-midi et des familles se promenaient. Beaucoup pique-niquaient, d'autres faisaient de l'exercice ou se prélassaient près du front de mer. L'air sentait bon, comme lorsque le printemps se transforme en été. Les oiseaux qui gazouillaient et voltigeaient étaient visibles sur presque tous les arbres.

Sur la banquette arrière d'un taxi, une femme observait les activités de la ville. Elle aimerait avoir assez d'argent pour vivre ici aussi. Alors qu'elle est arrêtée à un feu rouge, elle observe une famille qui lance un frisbee dans tous les sens. Lorsque le feu a changé et que la voiture a roulé, elle a continué à observer, jusqu'à ce qu'elle ne puisse plus les voir.

Dans sa tête, elle réfléchissait à ce qu'elle allait dire à sa sœur. Elle avait déjà demandé de l'argent et sa sœur lui en avait donné, mais à contrecœur. Surtout parce qu'elle savait où l'argent irait, c'est-à-dire pour rembourser ses dettes liées à la drogue. Sa grande sœur finirait par céder. Pourtant, elle détestait avoir à demander de l'argent. Surtout en personne. Elle espérait avoir un aperçu de la petite Katie lorsqu'elle serait là, peut-être même une présentation. Maintenant qu'elle avait sept ans, peut-être se souviendrait-elle même d'elle.

Une ou deux fois, le chauffeur lui jeta un coup d'œil dans le rétroviseur. Elle ajusta ses lunettes de soleil à miroir et essuya discrètement une larme.

"Qu'est-ce que tu regardes ?" demande-t-elle.

"Rien", répondit-il en tournant dans la rue Ontario. "Quel numéro cherchais-tu déjà ?".

C'était la maison entourée de ruban de police, avec des croiseurs un peu partout.

"Roulez !" ordonne-t-elle. "Roulez !"

"D'accord, mais pour aller où maintenant, madame ?" dit-il en faisant demi-tour.

"Conduis, laisse-moi réfléchir !" s'exclame la femme. Elle a sorti son téléphone de son sac brun et a appuyé sur la touche de numérotation rapide. Ça a sonné, sonné et sonné. Elle s'est déconnectée, enfonçant ses ongles dans l'accoudoir. Elle a pris une grande inspiration et a appuyé sur un autre numéro de la composition abrégée. Comme le premier, il est resté sans réponse.

"Madame, j'ai besoin de savoir où je vais".

Elle hurla : "Conduis, jusqu'à ce que je te dise de t'arrêter".

"D'accord madame, c'est vous la patronne." Il a continué à rouler sans but, s'arrêtant et repartant quand les feux passaient du vert au rouge. "Nous allons prendre la route panoramique."

Ils sont repartis le long des rives du lac Ontario. En voyant le compteur d'argent et le coût qui augmentait, elle a vérifié dans son sac à main s'il y avait de l'argent liquide. Ses cartes de crédit étaient déjà au maximum. "Où est le poste de police ?" a-t-elle demandé.

"À quelques rues d'ici."

"Emmène-moi là-bas", a-t-elle dit. En chemin, elle réfléchirait à ce qu'elle allait dire, à ce qu'elle allait leur raconter. Elle a repéré une foule qui bloquait la façade du commissariat tout en se demandant si cela avait un rapport avec la maison de sa sœur.

"Laissez-moi sortir, là-bas", exige-t-elle en tendant au chauffeur une poignée de pièces de monnaie et quelques billets froissés.

Elle aplatit le devant de sa robe qui lui colle maintenant à la peau avec de l'électricité statique. Derrière elle, elle entendit le nom de sa sœur et celui de Katie. Elle a poussé vers l'avant, attendant de voir ce que l'homme sur le podium allait dire.

Lorsqu'il a révélé que sa fille allait bien et qu'elle était dans une famille d'accueil, elle a failli s'évanouir. Elle a pris quelques grandes respirations et a quitté les lieux, heureuse dans son esprit que sa fille aille bien. Quant à la question de la disparition de sa sœur, elle serait réglée en temps voulu.

Elle continua à marcher dans la direction opposée à celle où elle était venue. Portant des talons de cinq pouces, elle n'était pas équipée pour une longue promenade n'importe où. La brise caressait ses bras nus et elle était heureuse qu'il n'y ait pas de risque de pluie ce soir.

L'odeur des hamburgers de bœuf fumants, des oignons sucrés et des frites grasses à proximité a fait grogner son estomac. La nourriture parfaite pour la gueule de bois. Pratiquement sans le sou maintenant, l'inhalation de calories devrait suffire. Pour se distraire, elle essaya de se remémorer les numéros de ceux qui, selon elle, pourraient l'aider, mais le résultat fut le même.

Deux portes plus loin, elle a trouvé une friperie d'occasion. Dans la vitrine, il y avait une fille blonde, habillée semble-t-il pour une fête. Elle a regardé le visage du mannequin, imaginant à quoi ressemblerait sa petite fille maintenant. Cela faisait des années qu'elle n'avait pas vu de photo d'elle.

Elle l'avait occultée - comme elle le faisait toujours lorsque les choses devenaient trop lourdes pour elle. "Compartimente-toi". C'est ce que son psy lui disait toujours de faire. Mais la maison... elle l'avait vue, délimitée par du ruban jaune - du ruban de police - comme dans Les Experts ou Murder She Wrote. C'était la maison de sa sœur. Sa sœur qui était la mère de son enfant. Un enfant dont personne ne savait rien.

Quelques portes plus loin, une foule s'est rassemblée. Elle s'est jointe à eux, voyant un journal télévisé sous-titré. Une photo de sa sœur et de sa fille sous le titre "Personnes disparues". Puis une photo de Mark Wheeler sous le titre "Assassiné, lien avec la drogue".

Les deux incidents étaient liés. Maintenant, ses genoux ont vraiment lâché et elle a glissé sur le trottoir.

"Je vais bien", dit-elle, alors que des inconnus l'aident à se remettre debout. Elle les remercie et, les chevilles tremblantes, s'éloigne en vacillant.

Elle avait entendu parler de ce Mark Wheeler dans le milieu de la drogue. Maintenant, il est mort. Comment sa soeur était-elle liée à lui ? Était-elle elle-même le lien ? Elle leur devait de l'argent. Elle a dit qu'elle le rembourserait. Ce n'était même pas tant que ça. Sa sœur avait remboursé sa dette de drogue une fois, deux fois - elle ne savait plus combien de fois. Ils n'auraient sûrement pas cherché à s'en prendre à sa sœur. Heureusement qu'ils ne savaient pas que Katie était à elle. S'ils ne le savaient pas, comment Wheeler avait-il fini par mourir ? Est-ce que ce lien a amené des voyous au domicile de sa sœur ?

Elle essaya de ne pas y penser, trébuchant vers Dieu sait où. Dans un état second, en partie délirant, elle se souvint du jour de la naissance de Katelyn. Elle était jeune, dix-sept ans, trop jeune pour être mère, et pourtant, lorsqu'elle a vu sa fille pour la première fois, elle a ressenti tous les sentiments maternels qu'une mère devrait éprouver.

Avoir dix-sept ans, c'était assez pour mettre le bébé au monde et faire naître l'instinct maternel, mais pas assez pour la convaincre de garder le nouveau-né. De l'élever. Mais, oh, ce petit visage. Son odeur. L'odeur du rose. Elle a serré son téléphone dans ses bras en marchant.

Les yeux remplis de larmes, elle s'est dit qu'elle devait se ressaisir. Elle avait fait ce qu'il y avait de mieux pour Katelyn à l'époque, en la confiant à sa grande sœur pour qu'elle l'élève.

Perdue, sans endroit où aller, sans personne à qui parler, elle se reproche d'être venue en ville. D'être une droguée. D'être allée chez sa sœur. Pour tout - toute cette foutue boule de cire.

Un homme qui sentait aussi mauvais qu'il en avait l'air lui est rentré dedans.

"Attention !" s'exclame-t-elle, ce qui fait fondre le pauvre homme en larmes. Elle a fouillé au fond de son sac à main, y a trouvé quelques pièces égarées et une pastille pour la gorge, et les lui a mises dans la main.

"Je vous remercie", dit l'homme en se balançant de droite à gauche. Il a soufflé sur la pastille et l'a fait sauter dans sa bouche puis a demandé : "Vous êtes perdu ?".

"Je suis nouvelle en ville", a-t-elle répondu. "Y a-t-il des choses à voir dans le coin ?"

Il porta la main à son menton, tout en la regardant. "Il y a un célèbre viaduc là-haut, continue à avancer et tu ne peux pas le rater. C'est une vue incroyable."

"Merci", dit-elle en s'éloignant.

Impatiente de voir le point de repère, elle a ouvert son sac à main. Elle a sorti une cigarette du paquet et l'a allumée. Une longue bouffée l'a aidée à se détendre. Elle réfléchit à ce qu'elle devait faire, mais aucune réponse ne vint.

détendre. Elle réfléchit à ce qu'elle devait faire, mais aucune réponse ne vint.

***

L A MÈRE BIOLOGIQUE DE Katie s'était arrêtée pour reposer ses pieds. Le parc lui-même était en pleine activité, avec des enfants et des chiens qui couraient bon gré mal gré. Elle avait envie d'une autre cigarette, mais n'en a pas allumé une. Au lieu de cela, elle a écouté les rires. Car en vérité, elle n'avait nulle part où aller.

Son téléphone a vibré : c'était Anson. "Où es-tu ? demanda-t-il.

"Je suis près de chez ma sœur mais elle n'est pas là".

"Eh bien, j'ai préparé ta commande. D'abord, tu dois payer ce qui est dû. Quand reviendras-tu la chercher ? Je ne peux pas la garder ici trop longtemps. Si tu ne peux pas payer, je dois le vendre à quelqu'un d'autre. J'ai une liste d'attente, tu sais."

"Je ne peux pas revenir tout de suite, mais j'en ai besoin. Euh, y a-t-il une chance que tu viennes me chercher ? Je te rembourserai. Je ferais n'importe quoi."

Splat ! Le ballon d'un enfant, d'un petit garçon a rebondi et a touché le bout de sa chaussure. Elle la lui a renvoyée d'un coup de pied.

"Merci, madame", dit-il.

"Je ne peux pas venir te chercher. Ce n'est pas un service de taxi", la ligne a cliqué et s'est éteinte à l'autre bout du fil.

Anson était son dernier espoir, celui de revenir. Elle se perdrait elle-même et tout ce à quoi elle pensait. Un seul coup et tout serait parti - chaque pensée - chaque émotion - même si ce n'était que pour un petit moment.

"Tu descends ici !" a crié sa mère. "Sale petite salope !"

C'était il y a des années, mais cela se répétait dans son esprit comme si c'était maintenant. Elle pouvait même sentir l'odeur de sa mère, un mélange de talc et de Jack Daniels.

Sa sœur avait été plus une mère pour elle que sa mère ne l'avait été. Leur père avait pris la poudre d'escampette, juste après qu'elle soit venue au monde, et sa mère l'avait toujours blâmée pour son départ.

"Tu l'as fait fuir !" criait-elle.

Et sa mère ramenait des hommes à la maison. Des hommes qui l'aidaient à payer le loyer, à mettre de la nourriture sur la table. Des hommes qui étaient des monstres. Des monstres dont sa mère aurait dû protéger sa fille.

Elle soupire. Des années de thérapie lui ont permis de pardonner à sa mère. D'accepter qu'elle avait fait de son mieux, compte tenu des circonstances.

C'est là que ça se passe : Le Viaduc.

Elle frissonna, c'était remarquablement haut - mais oui, le sans-abri avait dit que la vue de là-haut devait valoir la peine d'être grimpée. Mais les chaussures qu'elle avait aux pieds la pinçaient, et à mi-chemin, fatiguée de les porter, elle les a jetées dans le lac Ontario. Elle a ri en pensant qu'une tortue ou un poisson les regardait pendant qu'elles tombaient au fond du lac.

Une fois arrivée au sommet, la vue lui a coupé le souffle. Elle voyait la laideur, des bâtiments qui avaient une fonction. Aujourd'hui, il n'y a plus personne, on ne s'occupe plus d'eux et les mauvaises herbes poussent le long de leurs murs. Il y avait une beauté nue, qu'elle aurait pu apprécier si elle n'avait pas été aussi haut.

Et dans l'autre direction, le lac Ontario. Elle suivit le chemin de l'eau. À droite, une de ses chaussures a surgi et quelques instants plus tard, l'autre l'a rejointe. Elles flottaient comme si un fantôme dansait au lieu de marcher sur l'eau.

Elle a ri, d'abord doucement, puis de façon hystérique. Sa robe se gonflait autour d'elle comme si elle était à l'intérieur d'un nuage.

Elle s'est avancée sur le rebord. Elle était une mauvaise mère, pire que ne l'avait été sa mère. Sa mère, au moins, était restée et avait gardé ses filles près d'elle. Elle laissait le soin à Dieu, à Jésus ou à qui que ce soit de juger.

La mère biologique de Katie avait l'impression qu'elle ne valait pas la peine d'être sauvée. Elle ne pouvait pas être pardonnée. Elle ne pouvait même pas se pardonner à elle-même.

Elle a fait courir ses faux ongles le long de ses bras. Traçant les traces laissées par les aiguilles qu'elle avait utilisées pendant si longtemps. Elle les sentait maintenant avec ses doigts. Même si elle se débarrassait de cette habitude, elles reconnaîtraient ses vulnérabilités et commenceraient à supplier pour être nourries.

Elle s'est rapprochée du bord. Ferme les yeux. Elle a senti les fleurs. Écoute les cris des mouettes. Puis elle s'est laissée tomber dans les eaux fraîches du lac Ontario comme une marionnette dont on aurait coupé les ficelles.

***

L ORSQU'ILS L'ONT TROUVÉE NON loin du Viaduc, elle était dans l'eau depuis moins de vingt-quatre heures. Ses yeux étaient grands ouverts, comme si elle réfléchissait encore à quelque chose quelque part, juste hors de sa portée.

La mère biologique de Katie attendait d'être identifiée à la morgue.

CHAPITRE 34

EL, ABE ET LE PETIT

"**R**EVIENS AU LIT", DIT Abe, tandis qu'El rassemble ses affaires pour les emmener dans la chambre de Katie. Elle l'embrasse sur le front : "Tu veux une tasse de cacao ?"

"Tu lis dans mes pensées."

"Tu restes ici, sous les couvertures et tu te réchauffes. Je vais même ajouter quelques biscuits."

"Merci, mon amour." Il écouta El se promener dans la cuisine en fredonnant. Il comprenait que sa femme ait besoin de réconforter l'enfant, mais lui aussi avait besoin d'être réconforté. De plus, il craignait qu'elle ne s'attache trop à elle. Dans un jour ou deux, la mère de Katie pourrait revenir. Ils ne la reverront plus jamais. Et après ?

El est revenue avec le plateau. Elle l'a embrassé sur le front en sortant.

Katie était assise et attendait El. "Je veux rentrer à la maison", dit-elle en se frottant les yeux.

"Tu n'aimes pas cet endroit ?" El a demandé en connaissant déjà la réponse.

"Bien sûr."

Abe entre la tête, "Qui pleure ?" El a essayé de le repousser. "Qu'est-ce que je peux faire pour t'aider, mon petit ?"

"Je veux rentrer à la maison et acheter quelque chose".

"Bon, alors", dit-il en s'asseyant au bout du lit. "Tout d'abord, El et moi n'avons pas la clé de ta maison, et Benjamin non plus".

"Je peux entrer, par une fenêtre. Il faudrait que tu me soulèves - je l'ai fait une fois quand maman a oublié sa clé."

"De quoi as-tu besoin ?" demande El.

"Je ne pense pas que tu devrais y aller", a répondu Abe.

"J'aimerais aller chercher mon bourrelet".

Mais tu as ta belle poupée, mon petit", a dit El.

"Oh, elle est gentille mais j'ai mon ours empaillé depuis toujours et il sera tout seul".

"Laisse-moi y réfléchir", a dit Abe. "Maintenant, chut et va dormir, ou El devra retourner dans sa propre chambre".

Sans un mot, Katie se blottit sous les couvertures et ferma les yeux. Abe fit un clin d'œil à El et ferma la porte en sortant.

CHAPITRE 35

ABE ET BENJAMIN

ABE A EMPORTÉ LE plateau dans la cuisine et l'a rangé, puis il est allé dans le salon. Benjamin était endormi sur le canapé, la télévision bourdonnant en arrière-plan. Il l'éteint, puis jette une couette sur l'adolescent.

Abe retourne dans sa chambre et s'endort. Le bruit des casseroles dans la cuisine et l'odeur du petit déjeuner en train de cuire lui donnèrent faim. Il jeta un coup d'œil au radio-réveil - il était déjà 9h30 ! Il enfila sa robe de chambre et se rendit à la cuisine.

"Tu aurais dû me réveiller !" s'exclame-t-il.

Katie sursaute.

"Je suis désolé", dit-il. "Je voulais d'abord te dire bonjour".

El a acquiescé, Katie a souri. Il est sorti de la cuisine à reculons pour se rendre dans le salon, où Benjamin regardait la télévision.

"Tu as bien dormi ?" Abe s'est enquis.

Benjamin n'a pas parlé, au lieu de cela, il a augmenté le volume de la télévision pour entendre ce que le journaliste disait aux informations.

"Le corps d'une femme s'est échoué sur les rives du lac Ontario ce matin".

Les poils des bras de Benjamin se sont dressés. "Mon Dieu, j'espère que ce n'est pas la mère de Katie."

Devant leur porte d'entrée, le journal a frappé le perron. Abe le ramassa, voyant une photo de Katie et de Jennifer Walker en première page sous le titre "Mère et fille disparues". Il a roulé le journal et l'a jeté dans la poubelle.

"Viens le chercher", appela El, et ils s'assirent tous ensemble pour le petit déjeuner.

CHAPITRE 36

SGT. MILLER

UNE RÉUNION AVEC LA GRC était prévue au poste de police. Ils ont été appelés une fois que Wheeler a été identifié. Il devait les mettre au courant de l'endroit où se trouvait Katie. Ils garderont l'information secrète.

Pendant ce temps, un nouveau corps s'est échoué sur les rives du lac Ontario. Apparemment, elle portait des traces sur les bras.

Avant l'arrivée de la GRC, Miller a appelé Abe pour savoir comment allait Katie.

"Elle fait des cauchemars. Elle a cassé une fenêtre et s'est un peu blessée. El a tout géré et l'enfant n'a pas été gravement blessé."

"Oh, je suis désolée d'entendre ça", dit Miller. "C'est difficile pour un enfant de dormir dans un lit inconnu, dans une maison inconnue".

"Pour l'instant, tout ce qu'elle veut, c'est rentrer chez elle. Quelque chose qui lui manque, qu'elle appelle son ours en peluche, lui manque.

"Désolé Abe, c'est hors de question."

"Mais elle ne peut pas dormir."

Miller a haussé le ton ; il a fermé sa porte. "Abe, tu ne dois en aucun cas aller là-bas. Et si un journaliste te voyait et te suivait jusqu'à la maison ?"

"Je t'entends."

"Faites profil bas, vous tous. Je vous contacterai et n'oubliez pas que nous avons un meurtre non résolu. Et nous ne savons pas où se trouve la mère de Katie." Il hésite. "Katie est peut-être notre seule piste. Et je sais que ça semble peu probable, mais les enfants sont perspicaces. Parfois, ils mettent le doigt sur des choses, des choses qui pourraient nous aider à trouver sa mère, à la sauver, avant qu'il ne soit trop tard."

"Donc, tu penses que Mme Walker devait être impliquée dans le milieu de la drogue depuis que Wheeler et elle, euh, sortaient ensemble ?".

"À ce stade, je ne connais pas la réponse mais il n'y a aucun signe d'effraction".

"Katie a dit à Benjamin, que c'était Wheeler, qui lui avait offert une poupée coûteuse, donc, il avait été à la maison plus d'une fois. L'autre aspect ironique, c'est qu'il a peut-être acheté la poupée chez nous."

"Vraiment ? As-tu jeté un coup d'œil à tes livres, pour voir s'il y a une trace de commande ? C'est peut-être une piste. Ça pourrait être quelque chose."

"Je ne l'ai pas fait, et tu sais quoi, jusqu'à maintenant, quand je te l'ai dit, je n'avais même pas pensé à vérifier mes livres. Sans compter que, puisque la poupée est une réplique de l'enfant, l'un d'entre nous ici, s'il a passé commande chez nous a dû voir une photo de Katie. Je ne me souviens pas l'avoir vue, mais tu sais, la mémoire - et le fait de vieillir. C'est l'une des premières choses qui disparaît." Abe rit.

Miller dit : " Oui, je comprends, mais s'il te plaît, vérifie et fais-moi savoir ce que tu trouves. N'importe quoi. Le mode de paiement. La date de la commande."

"Nous ne proposons ces poupées qu'à l'approche de Noël, donc ça devrait être assez facile à retrouver s'il l'a bien commandée chez nous."

"Vois si tu peux trouver d'autres informations auprès de Katie. Des idées sur l'endroit où sa mère aurait pu aller. Les destinations de vacances. Des parents. Des amis. N'importe quoi."

"Serait-il préférable que tu envoies quelqu'un ? Un expert pour interroger les enfants ?" Abe demande. "De plus, puisque tu envoies quelqu'un, pourquoi ne pas l'envoyer chercher l'empaillé ?".

"Il faudra que j'en discute avec mes supérieurs. C'est possible, comme prochaine étape. Pour l'instant, elle te connaît, ainsi que Benjamin et El. Surveille-la, sans lui en faire part. Pose-lui des questions si elle le permet, sans éroder la confiance qu'elle a en toi. Pour l'instant, tu es tout ce qu'elle a. Elle a peut-être été témoin de quelque chose qui pourrait vous mettre tous en danger."

"Comme je l'ai dit, elle fait des cauchemars."

"C'est vrai. Un traumatisme peut provoquer des cauchemars, du somnambulisme. Rester dans un environnement inconnu est un ajustement dans des circonstances normales. Celles-ci sont loin d'être normales." Miller hésite. "En y pensant, je vais demander à l'un de mes officiers de passer avec un kit ADN. L'officier prélèvera un simple échantillon de la salive de Katie. Si elle veut parler de quoi que ce soit. Je veux dire à quelqu'un d'extérieur à votre maison, alors, mon Officier lui en donnera l'occasion."

"Quelle idée intelligente et merci de m'en avoir informé", dit Abe. "Je pense que lorsque l'enfant a été laissée seule dans le parc, elle a peut-être souffert d'abandon. Cela ne devrait pas causer de dommages permanents cependant, n'est-ce pas ?"

"Cela dépend de sa disposition, je ne peux pas le dire Abe. Il serait utile que tu vérifies les informations que tu pourrais avoir dans tes dossiers."

"Je le ferai."

"Je te contacterai."

"Merci."

CHAPITRE 37

PERDUS ET TROUVÉS

C'ÉTAIT UN APRÈS-MIDI ENSOLEILLÉ, pas un nuage dans le ciel - la journée parfaite pour pêcher.

James et Andrea Richards se trouvaient sur le lac Ontario dans leur bateau, quand elle a remarqué quelque chose qui flottait sur l'eau. Elle a sorti une paire de jumelles et a regardé de plus près. L'objet rebondissait et bougeait, mais ressemblait à un sac à main de femme.

"Je jure devant Dieu qu'il y a un sac à main là-bas", dit-elle à son mari en lui tendant les jumelles. "Peut-être que quelqu'un a été assassiné ici même, au bord du lac". Elle a frissonné bien qu'elle ait chaud et s'est entourée de ses bras.

James a jeté un coup d'œil. "Tu as lu beaucoup trop de romans d'Agatha Christie".

Elle se moqua.

"Mais allons tout de même voir de plus près pour te rassurer. Après tout, les poissons ne mordent pas aujourd'hui."

"Merci mon amour", dit-elle.

James a pointé le bateau dans la direction de l'objet flottant et quelques minutes plus tard, sa femme a mis le filet de pêche à contribution en ramassant un sac à main. En le soulevant pour le sortir du filet, elle a remarqué qu'il était encore fermé. Se demandant si le contenu était sec, elle l'a ouvert.

"Attends !" s'exclame-t-il.

Trop tard, car elle a sorti le portefeuille. Tout ce qui se trouvait à l'intérieur était sec. Bien que maintenant qu'elle y pensait, elle réalisait qu'elle était allée à l'encontre de tout ce qu'elle savait de la télévision et des livres en dérangeant le contenu.

Qu'à cela ne tienne, c'était déjà fait. Elle a ouvert le portefeuille, trouvant un permis de conduire, quelques cartes de crédit, la photo d'un bébé, un tube de dentifrice et une brosse à dents (format voyage), un téléphone avec une batterie déchargée et de la colle à ongles.

"Je pense que nous ferions mieux d'appeler la police", dit-elle.

"De l'argent liquide ?" James a demandé.

"Pas d'argent liquide", a-t-elle répondu en composant le 911.

Après avoir expliqué à la police ce qu'ils avaient trouvé, on leur a dit qu'un agent les rejoindrait sur le rivage. Le couple a dérivé quelques instants en silence, tandis que les mouettes criaient au-dessus de leurs têtes et attrapaient les poissons qui sautaient tout autour d'eux.

"Bien sûr, maintenant ils ont faim !" dit James en démarrant le moteur et en se dirigeant vers l'intérieur.

CHAPITRE 38

MORGUE

P LUS TARD, APRÈS AVOIR reçu un appel de Patterson, Miller se rend à la morgue.

"Nous avons confirmé que l'inconnue n'a pas plus de vingt-quatre ans, et qu'elle est une grande consommatrice de drogue à long terme. Avec des traces comme ça, elle est toxicomane depuis longtemps. Elle est aussi primipare."

"Quel âge aurait l'enfant, s'il avait vécu ?"

"Sept, peut-être huit."

"L'âge correspond", dit Miller. "Rien qui ne sorte de l'ordinaire dans tes découvertes ?"

"Sa drogue de prédilection était la cocaïne. Au moment de sa mort, elle n'avait pas consommé depuis vingt-quatre heures. C'était une grande consommatrice - importante accumulation métabolique de benzoylecgonine au fil du temps, mais rien de récent."

"Tu penses qu'elle essayait de se débarrasser de son habitude ?"

"C'est très peu probable, à moins qu'elle n'ait été inscrite dans un centre de désintoxication de haut niveau."

"Quel gâchis ! Je ferais mieux d'aller au bureau. Fais-moi savoir si tu trouves autre chose", dit Miller en se dirigeant vers la porte.

"Je le ferai."

Le téléphone de Miller a sonné.

"Où en est-on ?" demande-t-il. "C'est vrai. Je peux aller le chercher moi-même. Pas de problème. Je suis en route. J'y vais dès que je l'ai. Merci."

Miller rencontre les Richards qui lui remettent le sac.

"Que se passe-t-il si personne ne le réclame ?" demande Andrea.

"Nous le garderons comme preuve jusqu'à ce que quelqu'un le fasse", dit Miller. "Merci de nous l'avoir remis".

CHAPITRE 39

BENJAMIN ET ABE

MILLER A ENVOYé UN texto à Abe, lui indiquant le nom de l'officier qui viendrait voir Katie et prélever un échantillon de son ADN. Abe appelle chez lui et met Benjamin au courant des détails.

"Elle s'appelle l'officier Lane et elle va arriver d'un moment à l'autre".

"Aucun signe d'elle pour l'instant", dit Benjamin.

"Quand elle arrivera, demande à El de lui donner une tasse de thé et attends que j'arrive". En arrière-plan, il entendit la sonnette de la porte d'entrée retentir.

"Trop tard, elle est déjà là et El est occupée avec des clients".

"Dis-lui de fermer la boutique et de venir immédiatement".

"D'accord."

"Terminé et terminé", dit Abe.

Benjamin a envoyé un texto à El pour qu'elle ferme la boutique et vienne immédiatement à la maison. Il ouvre la porte.

"Je m'appelle l'officier Lane", a-t-elle dit.

El est arrivée en demandant : "Quelle est l'urgence ?"

Benjamin a tendu la main.

"Je suis ici pour voir Katie", a déclaré Lane. "Et pour obtenir un échantillon d'ADN".

El a tendu la main. Elle a invité l'agent Lane à entrer dans le salon.

"Voici l'agent Lane, Katie."

"Katie, tu peux m'appeler Lacey. J'ai quelqu'un ici qui dit que tu lui as manqué." Elle a sorti un ours en peluche en lambeaux.

Les yeux de l'enfant se sont illuminés, alors qu'elle acceptait sa peluche. "Edward", s'est-elle écriée. Puis, à l'agent Lacey, elle a dit : "Oh, merci." À l'ours, elle a dit : "Tu m'as tellement manqué." Elle a porté son visage à son oreille et a dit : "Oui". Suivi de "Vraiment ?"

L'agent Lane a souri. "Edward est un joli prénom. Je suis content de vous voir réunis tous les deux. Maintenant, j'aimerais te parler, pour que tu nous aides à retrouver ta maman."

"Elle est perdue ?" demande Katie avec une moue.

"Nous n'en sommes pas sûrs", dit Lacey, "mais nous aurions bien besoin de ton aide".

"Qu'est-ce que vous voulez que je fasse ?"

L'agent Lane a fouillé dans son sac et en a sorti le kit ADN. Elle a sorti une queue de billard et a ouvert un récipient pour la mettre à l'intérieur. "J'aimerais mettre ça dans ta bouche et faire ce qu'on appelle un prélèvement".

"Je n'ai entendu parler que de l'utilisation de ces produits dans les oreilles", dit Katie en riant.

"Exactement ce que dirait ma petite fille", dit Lane en souriant.

"Comment s'appelle-t-elle ?"

"Elle s'appelle Jemma, mais nous l'appelons Jem."

"Quel joli prénom, comme un bijou", a rayonné Katie.

L'agent sourit. "C'est doux, donc ça ne fera pas mal. Je vais le passer dans ta bouche, puis je le mettrai dans ce récipient et nous l'enverrons dans un laboratoire."

"Si tu as peur Katie", dit Benjamin, "Officier Lane, tu peux me faire un prélèvement d'abord, comme ça tu verras ce que c'est".

"Je n'ai pas peur", dit Katie.

L'agent a pris l'échantillon, puis a écrit le nom de Katie sur l'étiquette. Elle l'a appliquée sur le récipient. "C'est quand ton anniversaire ? Et quel âge as-tu ?"

"C'est le 1er septembre, et j'ai sept ans et demi".

Une fois que l'agente a terminé le test, elle demande aux autres si elle peut discuter seule avec Katie.

"Tu n'es pas obligée de le faire", a répondu Benjamin. "Si tu ne veux pas".

"Il a raison Katie. Tu n'es pas obligée de le faire", dit Lane. "Tu veux nous aider, retrouver ta mère, n'est-ce pas ? Je veux dire que si tu pouvais nous aider, tu voudrais le faire, n'est-ce pas ?"

Katie regarde El.

"Quelle chose à demander", dit El. "Bien sûr, elle veut aider, mais ce n'est qu'une enfant".

Katie a fait un signe de tête à l'agent Lane et l'a conduit dans sa chambre, où elle lui a montré sa poupée et a commencé à en parler.

"Mark, monsieur Wheeler m'a acheté cette poupée, pour Noël, en guise de surprise. Il venait toujours chez moi et m'apportait des surprises."

"Il était gentil ?"

"Oui", dit Katie.

"Tu veux me dire autre chose ?"

"Lui et ma maman étaient parfois heureux". Elle a détourné le regard. "D'autres fois, ils se disputaient et il partait".

"Est-ce que ta maman a pleuré ? Quand il partait ?"

"Oui, jusqu'à ce qu'on aille manger des milkshakes".

"Tu aimes les milk-shakes ?"

"Oui, celui à la fraise est mon préféré."

"Alors qu'est-ce qui se passerait ?" demande Lane.

"Il enverrait des cadeaux à ma maman et parfois à moi".

"C'est très gentil de sa part", a dit Lane en jouant avec les cheveux de la poupée, puis avec ceux de Katie.

"Ils n'ont pas la même sensation", dit Katie. "Les miens sont plus doux."

"Tu as raison."

"C'est parce qu'El utilise un après-shampoing spécial sur mes cheveux et qu'elle les brosse cinquante fois tous les soirs avant que je m'endorme. Elle a dit que les adultes ont droit à cent coups de brosse et les enfants à cinquante." Katie rigole.

L'agent Lane regarde la fenêtre scotchée : "Que s'est-il passé ici ?"

"El a dit que j'étais somnambule. Je ne me souviens pas."

"As-tu déjà fait du somnambulisme auparavant ?"

"Je ne crois pas", répond Katie. "El m'a mis des bandages. Elle a une formation d'infirmière. Ma maman voulait être institutrice, mais..."

"Qu'est-ce qui l'en a empêchée ?"

"Moi, en naissant", dit Katie. Elle remet sa poupée sur le lit et demande : "Y a-t-il autre chose ? Pour m'aider à retrouver ma maman ?"

"Je me demandais si tu avais des tantes ou des oncles, des grands-parents, des amis, chez qui ta maman aurait pu aller ? Et ton père ?"

"Maman a une sœur, mais je ne l'ai jamais rencontrée. Maman est plus âgée. Je n'ai jamais rencontré mes grands-parents. Je n'ai jamais rencontré mon père."

"Où habite la sœur de ta mère ? Pour qu'on puisse l'appeler ?"

"Je ne sais pas."

"As-tu déjà vécu ailleurs ?" demande Lacey.

"Non." Katie regarde ses pieds. "Désolée, je ne suis pas d'une grande aide."

L'agent Lane lui a tapoté la tête, "Je ne sais pas, parfois nous en savons plus que ce que nous pensons savoir. Continue à réfléchir."

"Merci encore pour mon bourrelet."

"Avec plaisir."

L'agent Lane s'est rendue au laboratoire avec l'échantillon et l'a mis sur la liste des priorités. Après une courte conversation, elle a pu le pousser en haut de la liste. Elle est retournée au poste de police.

***

MILLER REÇOIT UN APPEL de l'officier Lane.

"Comme demandé, j'ai apporté l'échantillon d'ADN de Katie Walker directement au laboratoire. Ils ont fait une comparaison avec la femme à la morgue - elles correspondent."

"Je n'ai pas hâte de partager cette nouvelle. C'est la pire des issues."

"Si tu as besoin de moi, je t'accompagnerai pour te soutenir".

"Merci pour l'offre, mais c'est un moment où notre conseiller en poste sera extrêmement utile. Nous n'avons pas eu l'occasion de l'utiliser souvent car elle travaille à l'extérieur. Je n'ai pas eu beaucoup de contacts avec la conseillère Briggs, et vous ?"

"Je n'ai même pas rencontré cette femme", dit l'officier Lane.

"Je suppose que je serai le premier à travailler avec elle depuis notre poste".

"Quoi qu'il arrive sergent, elle devrait être bien formée pour y faire face."

"J'espère bien. Merci, et à bientôt au poste." Il s'est déconnecté en réalisant qu'il n'avait pas le numéro d'Eleanor Briggs dans son téléphone. Il a rappelé le commissariat et a demandé à l'agent d'accueil de localiser le numéro. Il a entré les informations dans son téléphone et a appelé Briggs pour la mettre au courant de la situation.

"Je peux être prête dès que tu as besoin de moi", lui a indiqué Briggs.

"D'accord, je passerai te prendre dans un quart d'heure", dit Miller en faisant demi-tour. Il ne peut s'empêcher de penser à Katie. Cette nouvelle lui briserait le cœur.

À contrecœur, il compose le numéro d'Abe et le met au courant de la situation.

✳✳✳

BENJAMIN SE SENTAIT CLAUSTROPHOBE et souhaitait que la boutique puisse ouvrir. Ce serait une distraction bienvenue. Il envoie un texto à Abe : "Où es-tu ?"

Abe était presque rentré chez lui quand il a reçu le texto, puis un appel du sergent Miller est arrivé.

"J'ai de tristes nouvelles à propos de la mère de Katie. Son corps a été retrouvé près du viaduc."

"Suicide ?"

"Cela n'a pas été exclu."

"D'accord. Une nouvelle incroyablement triste en effet. Pauvre Katie. Dois-je lui dire maintenant ? Je rentre juste à l'intérieur."

"Non. Un conseiller et moi allons venir l'annoncer à Katie. Est-ce que toi, Benjamin et El serez présents ? Elle aura besoin de votre soutien."

"Euh, oui. C'est une si triste issue. Bien sûr, nous serons tous là."

Arrivé à la maison, il est entré dans le salon familial et a vu Katie blottie contre une peluche. "C'est qui maintenant ?" demande-t-il.

"C'est l'ours Edward, ma peluche".

"J'aimerais le voir de plus près, si tu peux courir dans ma chambre et me rapporter mes lunettes".

Katie se précipite dans le couloir. Il fit signe à Benjamin et El de s'approcher et leur annonça la triste nouvelle.

***

"P AUVRE KATIE", DIT EL, les larmes aux yeux.

Benjamin n'a rien dit.

"Le sergent Miller va venir avec un conseiller pour annoncer la nouvelle à Katie. Ils aimeraient que nous soyons là pour la soutenir. La conseillère va gérer la situation, elle est formée pour aider les enfants dans les situations traumatisantes."

"Katie va avoir le cœur brisé, la pauvre chérie. Que va-t-elle devenir ?"

"Et après qu'ils lui auront dit, que se passera-t-il ?" Benjamin a dit, les épaules affaissées. Son corps s'est effondré sur lui-même, comme s'il venait de recevoir un coup de poing dans le ventre. "Est-ce qu'ils vont l'emmener, l'envoyer vivre avec des parents d'accueil - je veux dire, avec des étrangers ?".

"Elle est heureuse ici", dit El.

" À part l'incident de la fenêtre et les cauchemars ", dit Abe.

"Ce ne sera plus de notre ressort, quand elle saura que sa mère n'est plus là. Elle a peut-être de la famille", dit El.

"Si ce n'est pas le cas, elle ira dans le système des familles d'accueil. Elle ne peut pas entrer dans le système", a déclaré Benjamin.

"Elle est avec nous depuis quelques jours, le sergent Miller veillera à ce que Katie soit la priorité, et il nous connaît".

"Nous aimons Katie", dit El.

Katie est arrivée dans la pièce avec les lunettes d'Abe. Il s'est penché pour qu'elle puisse les mettre sur son visage.

"Merci, ma petite", dit-il en lui tapotant la tête.

Abe, El et Benjamin forment un cercle avec Katie au milieu. Ils la soulevèrent et la firent tourner sur elle-même. Elle gloussa, rejeta la tête en arrière et s'imagina qu'elle volait.

CHAPITRE 40

MAUVAISES NOUVELLES

UN COUP FRAPPÉ à la porte interrompt leur joie. Ils déposent Katie sur le sol, puis Benjamin et El se placent derrière elle. Chacun avait une main sur son épaule. Abe est allé ouvrir la porte et est revenu quelques instants plus tard avec le sergent Miller et le conseiller.

Benjamin a resserré sa prise sur l'épaule de Katie.

"Vous me connaissez tous", dit le sergent Miller. "À part toi, Katie, je suis un vieil ami du 'Julius'. Et voici la conseillère Briggs. Elle travaille avec moi au poste de police."

Abe serra la main virile de Briggs, tandis que Katie, El et Benjamin restaient à leur place.

"Vous avez une belle maison", dit Briggs en direction d'El.

Briggs était presque aussi grande que Miller et avec de telles épaules, on aurait dit qu'elle aurait pu jouer au poste de défenseur chez les Packers. Ses cheveux fraise donnaient l'impression qu'elle avait mis son doigt dans une douille puis appliqué de la laque. Et son visage, au lieu d'être rond ou ovale, était rendu carré par sa frange, ses cheveux et l'absence de cou. Son nez était décentré, si bien qu'on ne savait jamais si ses yeux verts croisés le regardaient ou regardaient la personne à qui elle parlait. Briggs s'avança vers Katie qui se cachait derrière Benjamin et El.

Miller dit : "Katie, le conseiller Briggs, Eleanor, voudrait te dire quelque chose. C'est important."

Katie est restée où elle était jusqu'à ce que Benjamin et El lui prennent les mains.

"Je vais lui dire", dit El, tandis qu'elle et Benjamin la conduisaient vers le fauteuil. Lorsqu'ils se sont retrouvés face à face, El a dit : "Katie chérie, ta maman est partie au ciel".

Briggs est intervenu. "Ta mère est morte, Katie."

El a pris Katie dans ses bras.

"Katie", dit Briggs en se penchant pour la toucher dans le dos. "Tu comprends ? A propos de ta mère ? Il y a quelque chose que tu aimerais me demander ? Ce n'est pas grave si tu as envie de pleurer."

Katie ne disant rien, se déplaça à travers la pièce, où elle tendit les bras et commença à tourner. Elle avait l'air de faire semblant d'être un moulin à vent.

"Elle n'est pas morte", a-t-elle chanté sur un air trop familier - Frère Jacques.

Benjamin, les larmes aux yeux, l'a prise dans ses bras.

Pendant ce temps, Katie criait : "Elle n'est pas morte ! Elle n'est pas morte !" tout en frappant sa poitrine de ses petits poings serrés.

Benjamin la laissait évacuer toute la douleur en se servant de lui comme d'un punching-ball. Lorsqu'elle fut vidée de toute émotion et épuisée, elle se laissa aller dans ses bras comme une poupée de chiffon. Il l'a portée jusqu'à sa chambre et l'a mise au lit. Elle a fermé les yeux. Des larmes perlaient de temps en temps, il les essuya et, lui tenant la main, la regarda s'endormir.

Dans le couloir, Briggs se tourne vers El, "Katie est maintenant sous la tutelle du tribunal. Ils décideront de ce qui est le mieux pour elle."

"Elle vient de perdre sa mère", dit El en serrant les poings si fort que ses ongles traversaient la peau. "Quel genre de femme es-tu ?"

"Whoa. Elle ne fait que son travail El," dit le sergent Miller.

"Vous aurez besoin d'une ordonnance du tribunal, pour la faire sortir de chez moi", dit Abe.

Le sergent Miller a jeté un regard à son vieil ami. "Attendez un peu Abe. Nous n'avons pas l'intention de prendre d'assaut sa chambre et de l'arracher à son lit. Elle vient juste de perdre sa mère et nous ne ferions pas ça à elle ou à un autre enfant, ni maintenant, ni jamais. De plus, elle te connaît et elle est mieux dans un endroit familier avec des gens en qui elle a confiance et qu'elle connaît."

"Elle fait partie de notre famille maintenant", dit El.

"Oui, mais elle n'est pas ton enfant", a déclaré Briggs. "De plus, il y a des lois et des protocoles qui doivent être respectés".

"Tu es une femme froide", dit El en se mettant à dos Briggs.

Miller les a séparées. "Je vais lui dire un mot", dit-il à El, puis à Briggs. Puis à Briggs : "Nous pouvons en parler dehors."

Briggs a mis les mains sur les hanches. "Bien sûr, nous pouvons continuer cette discussion à l'extérieur."

Elle fait un pas vers la porte, puis dit à El et Abe : " Alors, vous êtes au courant de la procédure. Une fois que j'aurai rempli les papiers, un juge décidera de la suite des événements. La procédure normale consiste à remettre l'enfant à son père. Généralement dans les vingt-quatre à quarante-huit heures qui suivent. Si tu ne le fais pas, tu risques une amende pour obstruction, mise en danger de la vie d'autrui et peut-être même une peine de prison. Tout dépend du juge chargé du dossier de Katie." Elle leur tourne le dos et se dirige vers la sortie.

"Elle s'appelle Katie", l'appelle El après elle.

Miller s'est excusé abondamment en suivant Briggs vers la sortie.

CHAPITRE 41

MILLER ET BRIGGS

MILLER OUVRE LA PORTE de sa voiture de patrouille en claquant des doigts. Une fois à l'intérieur, il la referme. Après avoir pris quelques grandes respirations, il a déverrouillé la porte du passager pour laisser Briggs monter dans le véhicule. Alors qu'elle attachait sa ceinture de sécurité, il a écrasé ses poings serrés sur le volant. "Tu n'avais pas besoin d'être aussi dur avec eux".

"Ils se sont trop attachés, à un enfant qui n'est pas le leur. Une enfant qui a sa place dans une famille, pas chez des étrangers fortuits. Elle a plus que jamais besoin d'être avec des parents de sang, pas avec des prétendus parents."

"Et s'il n'y a pas de parents de sang ?"

Briggs secoue la tête. "À moins de chercher, nous ne le saurons jamais. C'est notre devoir envers l'enfant, de les rechercher. De ne négliger aucune piste. Pour nous assurer qu'elle reçoit les meilleurs soins avec des personnes qui l'aideront à gérer son chagrin."

"Ils l'aiment, ont fait d'elle un membre de leur famille et je les connais depuis des années."

"Je le sais, mais il y a quelque chose. Quelque chose ne va pas. Je n'arrive pas à mettre le doigt dessus, mais c'est là."

Alors qu'il sortait de l'allée en marche arrière, Miller prit une autre grande inspiration. "Mais s'ils n'avaient pas été là, elle aurait pu être enlevée ou assassinée. Ils l'ont sauvée, ils l'ont secourue. Dieu sait ce qui lui serait arrivé si elle était restée seule au bord de l'eau toute la nuit. Tu sais comment est le quartier à la nuit tombée. Des drogués et des prostituées. L'enfant a eu une sacrée chance que la famille de Julius l'ait trouvée, l'ait recueillie et l'ait traitée comme si elle était leur propre enfant."

"Je comprends où vous voulez en venir sergent Miller, mais même vous devez réaliser que l'enfant doit être la priorité ici. Et je dois suivre mon instinct."

Il était tellement en colère qu'il ne pouvait pas parler, alors à la place, il a enfoncé ses ongles dans la protection en cuir du volant pendant qu'elle continuait à tergiverser.

"Tu es dans la police depuis des années maintenant, et ta réputation est exceptionnelle. Et pourtant, tu laisses tes propres émotions jouer sur toi. D'après ce que j'ai entendu, tu as permis à la police de payer la facture, en recherchant un enfant dont tu savais où il se trouvait depuis des jours ? Vous avez même prétendu à la presse que nous étions toujours à la recherche non seulement de sa mère, mais aussi de

Katie. Comme tu le sais très bien, dans les deux cas, tes actions étaient contraires aux procédures."

Miller enfonça davantage ses ongles dans la protection du volant. Il a retenu sa respiration et s'est concentré sur la route. S'il ne le faisait pas, il se mettrait extrêmement en colère et... il ne voulait pas perdre le contrôle alors qu'elle était en train d'actionner son interrupteur. Essayant de lui faire perdre son sang-froid en remettant en cause son intégrité. Il était son supérieur, à tous points de vue, et pourtant, voilà qu'elle radotait comme....

"Oh, j'ai compris", dit-elle. "Ce sont tes amis, et ils ne peuvent pas avoir d'enfant, alors hé, presto, voilà l'enfant de tout le monde dont personne ne veut".

Miller a freiné brusquement alors que le feu passait de l'orange au rouge. "À qui crois-tu parler ?", demande-t-il. "En premier lieu, personne, comme tu l'appelles, n'a "payé la note". En fait, j'ai suivi le protocole, et j'ai fait un rapport au procureur sur le fait que Katie restait avec Abe et sa femme. Il m'a dit de surveiller la situation, ce que j'ai fait. Et lorsque la GRC est intervenue, je lui ai fait savoir où elle se trouvait. Je suis le protocole."

Elle secoue la tête, "Je suis désolée, ce n'est pas personnel. C'est pour cela que le système existe, pour protéger ceux qui ne peuvent pas se protéger eux-mêmes."

Il accueillit sa dernière déclaration d'un hochement de tête, sachant qu'elle était vraie. Laisser Katie là où elle était était logique, mais Briggs avait raison sur un point, les règles étaient les règles. Les faits étaient ainsi : le couple était âgé, et cela pouvait influencer les tribunaux.

"C'est ma juridiction", dit Miller. "Ne fais pas étalage des règles devant moi. Je suivais les règles, alors que vous étiez encore poussés dans un landau."

Briggs rit.

Il a poursuivi, désormais plus calme. "Le système a ses failles, l'enfant, Katie ne s'est pas perdue dans le système. Elle a été confiée aux soins de la famille de Julius, qui sont des piliers de notre communauté."

Briggs reste silencieux pendant un moment. "Confiée" est le mot auquel je m'oppose. Un enfant n'est pas un chiot que l'on peut remettre à quelqu'un. Un juge doit examiner les faits et décider de cette affaire. Le juge verra les choses en noir et blanc. Ils ne seront pas influencés par les émotions."

"Je me porte garant d'Abe et d'El. Bon sang, si je mourais, je ne pourrais pas trouver un meilleur couple pour s'occuper de mes propres enfants - enfin, s'ils étaient encore des enfants. Les miens ont tous grandi."

"Il ne s'agit pas de vous, sergent Miller. Ce n'est pas votre combat."

Miller est resté silencieux. Elle avait raison sur un autre point : ce n'était pas son combat. Pourtant, il connaissait Abe et sa famille.

Miller a déposé Briggs à sa voiture garée et s'est dirigé vers le commissariat. Elle le mettait tellement en colère, il était furieux. Ce qu'il détestait le plus, c'était à quel point elle avait raison. D'un côté, la plupart des juges se fichent d'Abe et d'El et de leur âge.

D'autre part, ils se ficheraient éperdument des prétendus instincts du conseiller Briggs. Surtout pas s'il se rendait sur place et plaidait la cause de Julius en premier. Il pensait que Briggs mettrait au moins trente minutes pour revenir au bureau. Plus ou moins en fonction de la circulation. En attendant, il met en place un plan d'action.

De retour au bureau, Miller clique sur la base de données et lit le rapport de l'agent Lane. Il tape une mise à jour de l'addendum :

Date, heure. Le sergent Alex Miller et la conseillère Eleanor Briggs se sont retrouvés dans la maison de la famille Julius, où Katie Walker séjourne depuis la disparition de sa mère le Date, Heure. Avec Abe, sa femme, El et leur fils adoptif - il a tapé sur adoptif - ajouté adopté.

Il s'est arrêté, ne sachant pas si le garçon était toujours en famille d'accueil ou adopté. Il a retapé fils adoptif, tandis que Katie a été informée du décès de sa mère.

À mon avis, l'enfant devrait rester dans la famille de Julius. Elle les connaît et a établi un lien de confiance. La déplacer, en cette période de deuil, dans un environnement inconnu, avec des personnes qu'elle ne connaît pas, serait un changement cruel et inutile et cela pourrait avoir des répercussions sur les chances de la petite fille de survivre à la perte de sa mère.

Il s'est arrêté de taper et a relu. Il ressentait le besoin de répondre à l'intuition de Briggs. En vérité, la seule personne qui avait bouleversé l'enfant était Briggs elle-même.

Il a fermé le dossier d'un clic.

Miller a téléphoné à un ami juge, le juge Anders, qui a suggéré de fixer une audience préliminaire. Anders a convenu qu'il n'y avait aucune raison de déraciner l'enfant.

"Demandez au requérant de venir au palais de justice dans une heure", dit Anders. "Et nous pourrons mettre les choses en route".

"Merci", a répondu Miller. Il a raccroché et a appelé Abe en lui expliquant l'urgence de sa venue au palais de justice. "Rejoins-moi dans l'entrée, aussi vite que possible. Nous verrons ensemble le juge Anders' dans son cabinet et nous réglerons les formalités administratives." Il hésite puis poursuit . "J'ai demandé une faveur qui, je l'espère, sera suffisante pour te permettre de garder Katie avec toi", dit Miller. "Alors, ne sois pas en retard."

"En route", dit Abe, et il commanda un taxi. Dès qu'il est entré dans le véhicule, avant même d'avoir eu le temps de boucler sa ceinture, il a demandé au chauffeur de le conduire au palais de justice au plus vite.

"Si je reçois une contravention, tu devras payer la facture", lui a dit le chauffeur.

"Je ne te dis pas d'enfreindre la loi, mais simplement de marcher dessus et d'éviter les itinéraires les plus encombrés".

"Bien sûr", a répondu le conducteur.

***

DE RETOUR DANS SON bureau, Eleanor Briggs fait défiler en ligne les dossiers de l'enfant nommée Katie Walker. Bingo, elle a trouvé un rapport récent rédigé par l'agent Lacey Lane. Dans ce rapport, Lane explique que Katie fait des cauchemars et qu'elle est somnambule. À une occasion, elle s'est même automutilée. El Julius s'est occupé d'elle sans appeler d'ambulance en prétendant être une infirmière qualifiée.

Sur le document original, elle a tapé l'addendum suivant :

Date, Heure. La conseillère Eleanor Briggs et le sergent Alex Miller se sont rendus au domicile des Julius où Katie Walker a été informée de la mort de sa mère. Abe, El et Benjamin Julius sont également présents.

Katie vivait chez eux depuis la disparition de sa mère le jour même. L'enfant a accueilli la nouvelle aussi bien qu'il était possible de le faire compte tenu des circonstances.

Cependant, El Julius est devenu hostile lorsque Briggs a tenté de communiquer directement avec l'enfant. Après avoir lu le rapport de l'agent Lane, ce conseiller est d'avis que les cauchemars de l'enfant pourraient être le résultat direct du maternage excessif de Mme Julius. C'est troublant, car la mère de Katie, jusqu'à aujourd'hui, était considérée comme vivante. Je recommande donc que Katie Walker soit immédiatement retirée de la maison des Julius. De préférence, elle devrait être placée dans un foyer avec un parent de sang.

Elle s'arrête de taper et réfléchit un instant. Est-ce que la lecture de ces informations a éclairé son intuition ? Elle décida que non. Pourtant, elle disposait maintenant de plus d'informations qui rendraient son dossier plus solide.

Briggs était certaine que la plupart des juges suivraient ses recommandations et prendraient la petite Katie Walker en charge par la province.

Elle appuie sur SEND.

CHAPITRE 42

ERREUR BRIGGS

UNE AMIE QUI TRAVAILLAIT dans le bureau du juge Anders devait une faveur à Eleanor Briggs. Elle l'a appelée et l'a mise au courant de la situation. "Fils de pute", s'est exclamée Briggs. Anders n'était pas le genre de juge avec lequel on pouvait téléphoner et négocier. Le face à face était la seule solution avec lui. Elle est sortie en courant du bâtiment, est descendue à sa voiture et s'est rendue au palais de justice.

Briggs n'arrivait pas à croire que Miller puisse tendre la main à un juge, et encore moins à un juge avec lequel elle n'avait jamais eu de contact direct. Cependant, après réflexion, elle ne pensait pas que Miller saurait qu'elles s'étaient affrontées. Et puis, dans le commissariat, les gens se parlent. Les gens parlent. Des ragots comme dans n'importe quelle autre carrière. C'était une trop grosse coïncidence.

Miller devait être au courant. Elle fit une embardée au coin de la rue, faisant crisser ses pneus lorsque le feu passa au jaune.

Elle tapa du poing sur le volant. Elle n'arrivait toujours pas à croire que c'était le juge Anders qui siégeait à cette audience préliminaire. Il était connu pour sa mansuétude et aimait les histoires qui lui tiraient la corde sensible. C'était un bon juge, juste et équitable, mais il portait son cœur sur sa manche - certains pensaient que c'était sa meilleure qualité en tant que juge. Pour Briggs, suivre les règles à la lettre était la seule façon de travailler. Si seulement Anders était au courant des cauchemars et du fait que Mme Julius se faisait passer pour une infirmière, cela pourrait tout changer.

Briggs arrive dans le bureau du juge, juste au moment où Miller et Abe sortent.

"Vous arrivez trop tard", dit Miller. "Le juge Anders a approuvé notre demande pour que Katie reste chez les Julius pendant un mois. Il réexaminera l'affaire à la fin du mandat."

Briggs se fraya un chemin à travers les deux hommes et entra dans le cabinet d'Anders, dont elle referma la porte derrière elle.

"Il ne va pas apprécier d'être deviné une seconde fois", dit Miller en quittant le bâtiment avec Abe.

CHAPITRE 43

ABE ET MILLER

M ILLER ÉTAIT SATISFAIT DU résultat alors qu'il raccompagnait Abe chez elle. La seule chose qui pourrait changer les choses pour Katie dans le mois à venir, serait qu'un parent se manifeste. Sinon, l'enfant resterait à leur charge pour une durée indéterminée.

Abe est resté silencieux jusqu'à ce que la voiture s'arrête devant sa maison. "Que se passera-t-il si Briggs obtient ce qu'elle veut et que Katie est envoyée vivre avec de parfaits inconnus ?"

"Nous avons gagné un jugement en notre faveur, ne nous inquiétons pas pour l'instant".

"Mais je m'inquiète. Je suis certaine que Benjamin et El seront inquiets eux aussi. Devrions-nous dire à l'enfant qu'elle ne sera peut-être avec nous que pendant un mois ? Pour la préparer ?"

"Un mois pour une petite fille comme Katie, c'est long", répond Miller. "Et elle est encore en train de faire le deuil de sa mère".

"La route sera difficile, mais je vous remercie", dit Abe en sortant de la voiture. Il a fait un signe de la main lorsque le sergent Miller s'est éloigné.

CHAPITRE 44

KATIE

Lorsque Katie s'est réveillée, elle regardait fixement le plafond. Les minuscules pétales de rose étaient encore plus beaux aujourd'hui avec le soleil qui les éclairait. Elle regardait les pétales rouges qui dansaient dans les airs, roulaient et voltigeaient comme dans un film.

El dormait profondément à côté d'elle et Benjamin dormait sur la chaise. Elle se souvint qu'il s'était passé quelque chose de merveilleux, puis quelque chose de moins merveilleux.

Elle ferma les yeux et essaya de se souvenir du bon et du mauvais. Elle pensa à l'homme en uniforme de police et à la femme effrayante. Elle a tressailli en se rappelant que la femme l'avait attrapée.

Puis elle s'est souvenue. La méchante femme a dit que sa maman était morte, mais ce n'était pas le cas. Elle a gémi.

Benjamin et El ont pris l'enfant dans leurs bras.

"Elle n'est pas morte", a-t-elle dit les yeux pleins de larmes.

"Ça va aller", a dit El en luttant contre les larmes.

"Nous sommes là pour toi", a apaisé Benjamin.

Benjamin savait qu'il ne pouvait pas lui enlever sa douleur, c'était la sienne et uniquement la sienne. Il avait lui-même éprouvé la même douleur de la perte d'un être cher. C'est ainsi qu'il a su qu'il pouvait l'aider en partageant sa douleur, comme Abe l'avait fait pour lui il y a très, très longtemps. Il avait alors déversé sa douleur dans Abe, maintenant il allait permettre à Katie de déverser sa douleur en lui.

CHAPITRE 45

PLUS KATIE

W HEN ABE WENT INSIDE, he found Benjamin and El in Katie's room.

"I need to speak with you, El," he whispered.

She came out, leaving Benjamin and Katie behind with the door ajar.

Abe took his wife by the hand and led her down the hall.

"Are they taking her away from us?" she asked.

"Come along into the kitchen when we can talk properly."

Benjamin had woken up had been listening in, until they moved away into the kitchen.

"No, we had a win today, she can remain with us for at least another month, and possibly indefinitely."

"I'm glad she doesn't have to be relocated. She is in no shape to be taken away to live with strangers. I couldn't bear it."

"It's only temporary, but thanks to Sgt. Miller's advocacy, it is a win."

"We need to tell Benjamin."

They went to Katie's room. She was sleeping, Benjamin on the other hand, was nowhere to be found. Returning to Katie's room, El caressed the little girl's head. She threw back the covers: it was the doll, not Katie. "Oh no!" she exclaimed.

The elderly couple searched in every room in the house, then they went into the garden. Still no sign of either Katie or Benjamin.

"Where could they have gone?" El asked.

"I don't know," Abe said.

"She was so distraught. We'd only settled her down before you asked to speak with me." She gasped. "Maybe Benjamin thought they would take her away and so, he took her before they could. When you called me out of the room...He must've thought." She wept into her hands.

"They can't have gone far."

CHAPITRE 46

BENJAMIN ET KATIE

IL A PORTé L'ENFANT endormi dans ses bras et est monté dans le taxi qu'il avait commandé.

"Ma sœur s'est endormie, avant que je puisse la ramener à la maison", a-t-il expliqué.

Le chauffeur a haussé les épaules.

Benjamin caresse les cheveux de Katie pendant qu'elle dort. L'emmener avait été le seul moyen de la mettre en sécurité. Il y avait des dangers tout autour d'elle. Des dangers dont lui seul pouvait la protéger.

Quarante-cinq minutes plus tard, à l'autre bout de la ville. "Vous pouvez nous déposer ici", dit Benjamin.

"C'est sûr qu'elle dort bien", a dit le chauffeur. Il est sorti et a ouvert la portière. Benjamin a placé quelques billets dans sa main.

L'homme à la porte lui a ouvert et il a récupéré la clé. Dans l'ascenseur, Katie remua un instant, puis se rendormit à nouveau.

Arrivé au septième étage, il ouvrit la porte et la déposa délicatement sur le lit. Il ferma les rideaux, mit une couverture sur elle et s'assit sur une chaise près du lit. Il s'assoupit.

"Qu'est-ce qui s'est passé ? Où suis-je ?" Katie a demandé, en se frottant les yeux, et en essayant de sortir du lit. N'y parvenant pas, elle resta sur l'oreiller. Quelques heures s'étaient écoulées, et elle se trouvait dans un endroit inconnu. Un endroit qui sentait la barbe à papa et le pain grillé.

Benjamin avait attendu que Katie revienne à elle avant de lui parler. Lorsque les médicaments qu'il lui avait administrés s'étaient dissipés, il avait pu lui parler. Lui expliquer les choses. La garder calme.

Il ne voulait pas qu'elle crie. Quelqu'un pourrait l'entendre si elle criait. Il devrait alors lui faire du mal. Il ne veut pas lui faire de mal.

CHAPITRE 47

ABE ET EL

"J E PENSE QUE NOUS ferions mieux d'appeler le sergent Miller et de le mettre au courant", dit Abe.

El l'arrête. "Pourquoi ? Tout ira bien. Il la ramènera. Elle ne sera pas allée bien loin, pas sans sa poupée."

"J'ai un mauvais pressentiment à ce sujet", a dit Abe. "J'appelle le sergent Miller." Il se leva et se dirigea vers le téléphone. Il l'a décroché et a commencé à composer le numéro.

"Tu as raison, Abe." Elle s'est rapprochée de lui au moment où son mari a posé le téléphone et lui a tourné le dos pour s'éloigner. "C'est nous qui devons faire le signalement. Les deux enfants ont disparu."

Elle a suivi de près les talons de son mari. "C'est notre responsabilité. Nous devons retrouver les enfants, et vite."

"Et nous le ferons, il n'y a pas lieu de paniquer".

"Peut-être", dit El, tandis qu'Abe pose à nouveau le combiné du téléphone. "Peut-être. Mais..." El se dirigea vers la porte d'entrée. "Je vais sortir, pour les appeler. Peut-être qu'ils se cachent. Ils jouent à cache-cache."

Abe l'attrape par le bras. Il l'a ramenée à l'intérieur, dans le salon.

El observe en silence son mari qui fait les cent pas et s'agite de plus en plus à chaque instant.

CHAPITRE 48

KATIE

SUR UNE CHAISE à côté du lit était assis Benjamin. Il ressemblait à Benjamin et puis il n'y ressemblait plus. Il était flou et lointain.

Où était El ? Où était Abe ?

Elle a levé les yeux vers le plafond, il n'y avait pas de pétales de roses dansants dans cette pièce. La pièce s'est mise à tourner, tandis que son estomac lui remontait à la gorge.

Benjamin était à ses côtés, tenant un seau à glace dans lequel elle vomissait. Quand elle eut fini, il alla dans la salle de bains et jeta le contenu du seau dans les toilettes. Il fit couler de l'eau fraîche sur un gant de toilette et revint le poser sur le front de l'enfant.

"Ça va mieux maintenant ?" demanda-t-il alors que son téléphone vibrait. Abe était en train d'appeler. Il a éteint son téléphone, retiré la batterie. Il l'a posé par terre et l'a piétiné, puis a jeté les restes dans la poubelle.

Katie l'a regardé en silence jusqu'à ce qu'il revienne. "Oui, merci", dit-elle. Il s'est assis au bout du lit et l'a regardée. "Où sommes-nous ? Où est ma maman ? Je veux ma maman ! Et où sont Abe et El ? Je veux El."

Benjamin se détourne et se met debout. "Ils ont dû s'en aller. Comme ta maman a dû partir." Il a traversé la pièce et s'est laissé tomber sur une chaise. Il a remonté ses jambes, de sorte qu'il était assis à la manière d'un yoga, puis il a fermé les yeux comme s'il avait l'intention de faire de la médiation.

Katie sanglote.

Il a ouvert les yeux. "C'est toi et moi maintenant, toi et moi gamine". Il a de nouveau fermé les yeux et s'est couvert le visage.

Katie s'est mise à gémir : "Je veux ma maman. Je veux ma maman !"

Benjamin s'est approché d'elle en traversant le sol.

Elle a reculé devant lui et s'est entourée de ses bras.

CHAPITRE 49

EL ET ABE

EL DEVENAIT DE PLUS en plus impatiente face à l'inaction d'Abe.

"Nous devons faire quelque chose, maintenant", a-t-elle déclaré. "Le temps passe et tout peut arriver. Je regrette de ne pas t'avoir empêché d'appeler Alex. J'aurais aimé..."

Elle a attrapé le téléphone.

"Ne le fais pas", dit Abe en lui attrapant le bras. "Ne le fais pas".

CHAPITRE 50

UN SENTIMENT

L E SERGENT MILLER AVAIT un dossier qui l'attendait sur son bureau lorsqu'il y est retourné. Il a feuilleté un rapport confirmant que la femme décédée s'appelait Margaret (Maggie) Monahan. Il s'est arrêté et s'est rassis sur sa chaise. Attends. La mère de Katie s'appelait Jennifer Walker. Mais le rapport d'ADN correspondait à celui de Katie.

Il s'est penché en avant et a continué à lire sur Margaret Monahan. Au fur et à mesure que son doigt parcourait sa bio, il a confirmé un lien : une sœur. Margaret Monahan était le nom de mariage de la sœur de Jennifer Walker.

Il poursuit sa lecture et découvre que les deux parents sont morts avant la naissance de Katie. Elle n'avait donc jamais rencontré ses grands-parents.

Il pense à la réaction de Katie à cette nouvelle. Elle avait refusé catégoriquement d'y croire - et elle avait eu raison.

Miller sortit en trombe de son bureau, ayant besoin d'aller quelque part, mais ne sachant pas encore

pourquoi. Le nom d'Abe lui vient à l'esprit. Pourquoi ?
Il l'appelle. Il ne répond pas. Pourtant, quelque chose
le turlupinait. Il se rendit à sa voiture, enclencha la
sirène qui sépara la circulation de tous les côtés alors
qu'il se dirigeait vers la maison d'Abe.

En s'engageant dans l'allée, il a tout de suite
remarqué que la porte d'entrée était grande ouverte.
La vitrine de la boutique adjacente affichait un
panneau FERMÉ.

Alex Miller est entré et a crié : "Il y a quelqu'un ? C'est
Alex Miller. Abe ? El ?"

La maison était bien rangée et silencieuse. Aucun
bruit de télévision ou de radio. Mais quelque chose
clochait effectivement, son sentiment avait été juste.
Il retira son arme et contourna le coin qui menait au
salon.

Il y avait un corps sur le sol : le corps d'El Julius.

CHAPITRE 51

ABE

APRÈS AVOIR ESSAYé D'APPELER Benjamin - sans réponse - Abe est sorti dans la rue et a fait signe à un taxi.

"Emmenez-moi à la gare", a-t-il demandé en fouillant dans son portefeuille. Dans sa hâte, il avait oublié d'apporter de l'argent supplémentaire. Il l'obtiendrait à la gare.

"Bien sûr", dit le chauffeur, puis il alluma la radio.

Abe essaie à nouveau d'appeler Benjamin, mais sans succès. Le garçon serait-il si idiot, au point d'emmener l'enfant dans leur endroit secret ?

CHAPITRE 52

KATIE AND BENJAMIN

BENJAMIN A PASSÉ SON bras autour de l'épaule de Katie, et ils se sont assis côte à côte sur le lit sans parler. Elle s'est blottie contre lui.

"Benji", dit-elle en enroulant ses bras autour de sa taille.

Il l'a embrassée sur le dessus de la tête. Il a fredonné, une berceuse, jusqu'à ce qu'elle se rendorme. Il s'est bouché les oreilles. Il détestait le bruit du mini réfrigérateur qui bourdonnait. Il a débranché la prise du mur.

CHAPITRE 53

MILLER ET EL

"J ésus, El", dit Miller en se mettant à genoux pour tâter son pouls. Il était là, faible, mais là. Il a bercé sa tête dans son bras et elle a ouvert les yeux.

"Qui t'a fait ça ?"

"Abe", a-t-elle murmuré.

Miller se pencha plus près, il n'avait pas bien entendu. L'avait-il fait ?

"Abe. C'était Abe", dit-elle, les yeux révulsés, tandis que de sa main libre, il tape le 911 sur son téléphone.

Après que l'ambulance est partie en faisant hurler la sirène, le sergent Miller a essayé de trouver Abe, Benjamin et Katie. Où étaient-ils ? Étaient-ils partis tous ensemble quelque part en laissant El dans cet état ?

Alors que Miller passait tout en revue, sans que rien n'ait le moindre sens, son téléphone a sonné. Il espère que quelqu'un sait quelque chose. Et El va s'en sortir. Il fallait qu'elle aille bien.

"Désolé, sergent, mais elle a fait un arrêt cardiaque", dit l'ambulancier. "Nous n'avons pas pu la sauver."

"Oh non", dit Miller en se déconnectant.

Il fallait qu'il réfléchisse à tout cela. Il devait faire le vide dans sa tête. Il devait trouver Katie Walker et lui dire qu'elle avait raison. Sa mère n'était vraiment pas morte, mais El l'était. Comment allait-il leur annoncer la nouvelle ?

Miller appelle le commissariat et demande qu'une équipe soit envoyée sur place pour tracer tous les appels entrants.

"Dès que possible - je veux dire hier", a-t-il dit.

Quelques instants plus tard, une équipe était en route pour la maison des Julius.

CHAPITRE 54

BENJAMIN ET KATIE

EN BERÇANT LA TÊTE de Katie, Benjamin se balançait d'avant en arrière et d'arrière en avant. Il fait comme s'ils étaient dans un fauteuil à bascule, alors qu'ils n'en sont pas. Au lieu de cela, ils se trouvaient dans l'endroit secret. L'endroit secret où vont tous les enfants oubliés.

Les autres enfants couraient et jouaient, tandis que Katie continuait à dormir. Benjamin leur fit un signe de la main, puis mit ses doigts sur ses lèvres.

"Shhhhh", chuchota-t-il.

Il joua avec ses cheveux, réfléchissant à la façon dont il expliquerait la décision qu'il avait prise. Ce n'était pas la première fois qu'il emmenait quelqu'un à l'endroit secret : l'endroit à l'intérieur du tableau Les Tournesols de Van Gogh.

Mais Katie était la plus jeune, alors il devait choisir chaque mot avec soin, de façon réfléchie. Il savait que lorsqu'elle se réveillerait pour la première fois, elle serait effrayée. C'est aussi pour cette raison qu'il lui a donné plus de somnifères, le temps de décider de ce qu'il allait faire. Il espérait que sa transition serait calme et simple. Puisqu'elle était orpheline elle aussi. Ils seraient ensemble, avec les autres enfants. Personne n'avait besoin d'être seul, pas ici, dans ce nouveau monde.

Il se souvint de la première fois où il s'était réveillé dans le monde de Van Gogh. Abe n'avait jamais deviné qu'il était sorti de son corps pendant que le vieil homme lui faisait subir des choses ignobles.

Et maintenant, il ne le saura jamais. Parce que lui, Katie et les autres étaient en sécurité, cachés dans un nouveau monde où les adultes n'avaient pas le droit d'aller.

CHAPITRE 55

ABE

A RRIVÉ à LA GARE, Abe regarde l'horaire. Il achète un billet, puis synchronise sa montre avec l'heure d'arrivée prévue. Il a encore un peu de temps devant lui. Attendre et s'inquiéter. Il traverse le quai, s'assoit sur un banc vide et commence à passer en revue ses soucis un par un. Cette méthode pour aborder chaque problème s'était avérée une stratégie précieuse pour lui dans le passé.

Il commença par dresser une liste mentale en commençant par El, Benjamin et en terminant par Katie. C'était une liste brève, une liste qu'il pouvait facilement maîtriser rapidement.

L'incident avec El était regrettable. Elle a réagi de façon excessive, ce qui l'a poussé à faire de même. Si seulement elle l'avait laissé gérer les choses.

Elle l'avait déjà fait par le passé, évitant ainsi une confrontation. Il ne l'avait pas frappée violemment. Ce n'était qu'une tape d'amour. Elle s'en remettrait et pardonnerait tout, comme elle l'a toujours fait. Il a composé le numéro de la maison pour prendre de ses nouvelles.

"Bonjour", aboya une voix, une voix d'homme, alors qu'Abe se dirigeait vers le distributeur de billets. Puis ayant retiré un peu d'argent, vérifia sur quel quai son train arriverait et s'y rendit.

Abe n'a pas parlé, car il a été assommé par le silence lorsqu'il a reconnu la voix d'Alex Miller à l'autre bout du fil. Qu'est-ce qu'il faisait là ? El l'avait-elle appelé ? Avait-elle l'intention de porter plainte contre lui ? Elle ne l'aurait jamais fait par le passé, car ils se sont toujours arrangés entre eux.

"Abe, c'est toi ? El est mort. Abe ? Abe ?"

Abe n'arrive pas à y croire. El ne pouvait pas être mort. Il a lâché le téléphone qui a heurté le trottoir. Il a entendu Alex l'appeler par son nom et a décroché le téléphone. Dieu merci, il fonctionnait encore.

"Elle est quoi ? Non, elle ne peut pas l'être !"

Derrière lui, l'équipe d'agents de Miller était en train de retrouver la trace d'Abe, essayant de faire en sorte que son téléphone se synchronise et diffuse sa position. L'officier faisait des signes de la main pour indiquer qu'ils avaient besoin de plus de temps.

Miller raconte . "Elle a reçu un mauvais coup sur la tête, j'ai appelé l'ambulance, mais elle n'est pas arrivée à l'hôpital. Où sont les enfants ? Ni Katie ni Benjamin ne sont dans la maison. Où es-tu ?"

Abe se dirige vers les escaliers, voulant rentrer chez lui. Il devait s'en tenir à son plan. Retrouver Benjamin et Katie.

Le policier a de nouveau indiqué à Miller qu'il devait étirer l'appel en le gardant en ligne.

"Ta porte d'entrée était grande ouverte quand je suis arrivé. Je m'inquiétais pour toi, Abe. Nous sommes amis depuis si longtemps que j'ai eu un pressentiment. Comme si tu avais besoin de moi ou quelque chose comme ça", Miller regarde par-dessus, ils étaient en train de se caler sur sa position.

Il poursuit . "Je pensais juste à la fois où toi et moi avons emmené mes deux garçons sur le bateau et avons fait un peu de pêche ? Tu te souviens ? Il me semble que c'était il y a si longtemps, nous devrions le refaire. Nous pourrions emmener Benjamin et Katie cette fois-ci. Ils adoreraient ça. Tu ne crois pas ?"

dit Abe. "Je n'arrive pas à croire ce qui s'est passé avec El. Comment peut-elle être morte ? Qui aurait pu faire du mal à El ?" Il s'est arrêté, puis a demandé : "A-t-elle dit quelque chose ?".

"Non, Abe, elle était inconsciente quand je suis arrivé. Je suis dans la police depuis si longtemps, et nous sommes amis depuis si longtemps, je suppose que nous sommes connectés. Comme je l'ai dit, quand je suis arrivé, la porte était grande ouverte."

Abe inspire.

"Est-ce que tu vas bien ? Où es-tu ? Je vais venir te chercher ; tu voudras la voir, et nous pourrons trouver les deux enfants, il faut qu'ils sachent."

Un sifflement de train retentit, suivi d'un bruit de craquement.

"Je dois y aller maintenant", dit Abe. Son vieil ami divaguait - ce n'est pas quelque chose qu'il ferait dans des circonstances normales. El avait dit quelque chose. Maintenant, ils essayaient de le localiser. Il a jeté son téléphone dans la poubelle.

"Attendez Abe !" Miller a crié, il a regardé l'officier.

"Nous avons sa localisation, dans une gare du côté est. Je viens de vérifier et le train sur le quai est parti, mais il est toujours sur le quai."

"Envoyez-moi l'emplacement, j'y vais tout de suite".

"Je le ferai", dit l'officier.

Quand il est monté dans sa voiture, il a placé le gyrophare sur le toit. Il a fait hurler les sirènes, ce qui lui a permis de se frayer un chemin dans le trafic encombré comme du beurre.

CHAPITRE 56

ABE ET LE TRAIN

DANS LE TRAIN MAINTENANT, Abe s'est assis sur un siège à l'écart des autres passagers pour pouvoir réfléchir. El n'était plus là. Elle était morte. Il l'avait tuée, mais c'était un accident. Il n'avait pas l'intention de lui faire du mal. Sa vie ne valait rien sans elle.

Au premier arrêt, il a regardé les passagers sur le quai. C'était agaçant de les voir marcher comme des robots avec toute leur attention sur leur téléphone. Si quelqu'un marchait derrière eux, ils pouvaient les pousser sur les rails. Ils seraient morts avant de savoir ce qui s'est passé. C'est triste ce que le monde est devenu. Des robots ambulants.

C'est pourquoi il avait évité d'utiliser un téléphone portable pendant si longtemps. Ce n'est que lorsque Benjamin lui a appris les avantages de l'avoir à portée de main qu'il a essayé. Lorsqu'ils se rencontraient, au pied levé, ils s'envoyaient des textos. Leurs messages étaient codés, pour que personne d'autre ne sache de quoi ils parlaient. C'était excitant, amusant.

En pensant à la mort d'El, Abe invente une histoire dans son esprit. Il la raconterait au sergent Miller la prochaine fois qu'il le verrait. Il commencerait par raconter à son vieil ami, comment Benjamin, avait peur qu'ils prennent Katie en charge. Benjamin qui avait été maltraité dans le système des familles d'accueil. Comment le pauvre adolescent désemparé avait accidentellement bousculé El. El était tombée par terre. Il avait vérifié qu'El était lucide, puis, avec l'accord d'El, il avait couru hors de la maison pour trouver Benjamin qui avait pris Katie après avoir blessé El et s'était enfui.

Oui, après tout ce qu'il avait fait pour le garçon, il le convaincrait de suivre l'histoire. Il avait ses méthodes pour convaincre le garçon de faire tout ce qu'il voulait qu'il fasse.

Quelqu'un s'installa sur le siège derrière lui : une femme d'après l'odeur de son parfum. Il jette un coup d'œil autour de lui, oui, une jeune femme. Peut-être vingt-cinq ans. Elle se rendait au travail ou à une fête, pensa-t-il, bien habillée. Il la regarda sortir une pomme de son sac, et grimaça lorsqu'elle en prit une bouchée, puis plusieurs autres. Elle mâchait la bouche ouverte. Un peu de jus de pomme a éclaboussé son cou. Il l'essuie. C'est dégoûtant et agaçant. Elle croque et mâche. Elle croque et mâche. Il attendait le prochain craquement, les épaules tendues, mais il ne venait jamais. Il jeta un coup d'œil en arrière pour voir pourquoi et découvrit que la femme était en train de s'étouffer.

"Quelqu'un connaît la manœuvre de Heimlich ?" Abe cria, mais la femme et lui étaient les seuls dans le wagon.

Il ferme la bouche, réalisant que ses cris ont attiré l'attention sur la situation et pendant une fraction de seconde, peut-être plus, il souhaite avoir laissé la femme s'étouffer.

Alors que d'autres passagers se dirigeaient vers eux, il donna un grand coup de poing dans le dos de la femme, qui recracha la pomme sur le sol.

CHAPITRE 57

MILLER À LA POURSUITE

MILLER S'EST FAUFILé DANS la circulation. Il s'est fait une place à l'entrée de la gare. Il a laissé ses feux clignoter pour que les agents ne l'arrêtent pas. Il a monté les escaliers en courant.

"Tu es presque arrivé. Tout droit. Juste à gauche de toi", lui dit l'agent de surveillance.

"La seule chose sur le quai à part moi, c'est une poubelle", dit Miller. Il se dirige vers elle.

"Oui, c'est de là que vient le signal".

Le sergent Miller a mis ses gants et a plongé ses mains dans la poubelle. En écartant une peau de banane, il a trouvé ce qu'il cherchait : Le téléphone d'Abe.

"Je peux vous aider ?" demande un conducteur.

"Oui, depuis combien de temps le dernier train est-il parti d'ici ?".

"Il y a quinze minutes, mais ils ne sont pas allés bien loin".

Miller a fait une double prise. "Comment ça ?"

Le chef de train poursuit . "Le train s'est arrêté pour une urgence avec un passager à bord. L'ambulance a recueilli une femme et elle est en route pour l'hôpital. Elle a été victime d'une pomme qui s'est logée dans sa gorge. Ils disent qu'elle va s'en sortir, ils l'examinent juste pour être sûrs pour l'assurance."

"Quelle était la destination finale du train ?" demande Miller.

"C'est un Express, donc il n'y a qu'un seul arrêt au bout de la ligne".

"Merci", dit Miller. Il s'est précipité dans les escaliers, dans son véhicule et a activé la sirène.

CHAPITRE 58

ABE LE BON SAMARATIN

N'ÉTANT PLUS DANS LE train, Abe tenait la main de la femme qu'il avait sauvée. Ils étaient à l'arrière d'une ambulance et en route pour l'hôpital.

Peu après qu'elle ait craché la pomme, l'ambulance est arrivée. L'agaçante jeune femme a refusé de monter dans le véhicule, à moins qu'Abe ne l'accompagne à l'hôpital.

"C'est mon bon samaritain", a déclaré la femme.

Après que les ambulanciers ont poussé la femme à l'intérieur de l'hôpital sur une civière, Abe a vu sa chance de s'échapper. Il appelle un taxi. Alors qu'il attendait sur le quai, le chauffeur de l'ambulance est sorti.

"Merci d'avoir pris le contrôle de la situation et de lui avoir sauvé la vie".

"Bien sûr", dit Abe par la fenêtre ouverte. Puis, s'adressant au chauffeur : "Déposez-moi à l'angle de Magnolia et Oak."

La camionnette blanche s'est éloignée, tandis que l'ambulancier est monté dans la cabine de son véhicule. Un message est passé à la radio, demandant à tous les conducteurs d'être à l'affût d'un homme correspondant à la description d'Abe.

CHAPITRE 59

MILLER ET ABE

LE TÉLÉPHONE DE MILLER a sonné. "Un ambulancier vient d'appeler. Il a dit qu'un homme correspondant à la description d'Abe est parti il y a quelques minutes dans une camionnette blanche. Oui, de l'hôpital. Il a dit qu'Abe avait sauvé la vie d'une femme dans le train."

"Ça ressemble plus à l'Abe que je connais. Est-ce que le chauffeur a réussi à obtenir le numéro de la plaque d'immatriculation ?"

"Non, mais il a entendu le monsieur âgé demander qu'on l'emmène à l'angle de Magnolia et Oak."

"J'y suis presque maintenant", dit Miller en se déconnectant. Il se demandait ce qu'il y avait dans les environs - c'était un quartier miteux bien connu où les prostituées s'alignaient dans les rues même en journée.

Quelques rues plus loin, une camionnette blanche s'est arrêtée aux feux près de Magnolia. Miller sort de son véhicule et s'approche du côté passager.

Abe n'était pas une poule mouillée, mais il ne voulait pas prendre le risque qu'il s'enfuie. Il n'y avait pas de passager dans le véhicule.

Abe montre sa carte d'identité et lui demande s'il a amené un passager, un homme plus âgé, à cet endroit. L'homme acquiesce. "Où est-il allé ?"

"Il est sorti, quelques rues plus loin. Il m'a payé en liquide et m'a dit qu'il marcherait le reste du chemin."

"Si près du but", dit Miller en retournant à son véhicule, puis il se ravise et s'installe sur le trottoir. Il regarde de haut en bas - aucun signe d'Abe. Il a traversé la rue et a fait de même à cet endroit et a vu quelqu'un sortir d'un magasin en portant un sac. Il dut courir quelques rues pour le rattraper - ignorant les lumières - mais il le repéra enfin.

Miller a regardé son vieil ami monter les marches. Un concierge lui a ouvert la porte en lui donnant un petit coup de chapeau.

Miller a montré son badge au concierge et est entré à l'intérieur. Les portes de l'ascenseur se fermaient et se dirigeaient vers le septième étage. Il a envisagé de monter les marches, mais a préféré attendre que l'ascenseur redescende. Il est entré, a appuyé sur le bouton et s'est retrouvé en quelques instants au bon étage, où il avait le choix entre quatre portes. Laquelle est celle d'Abe ? Et que faisait-il dans un appartement de ce quartier ? Il se déplaça prudemment d'une porte à l'autre, écoutant, l'oreille collée contre la porte, les bruits de l'intérieur.

Il n'entendit rien jusqu'à ce qu'il atteigne la porte numéro quatre.

CHAPITRE 60

LA SALLE

À L'INTÉRIEUR DE LA pièce, Abe est resté immobile en essayant de reprendre son souffle. Est-il en train de perdre la tête ? Pendant une seconde, il a cru avoir repéré Alex Miller dehors. Impossible que son vieil ami l'ait suivi - il s'était débarrassé de son téléphone.

Il a ouvert le sac et déballé son nouveau téléphone portable et l'a branché pour le recharger. Puis il a sorti deux sachets de bonbons - les préférés de Benjamin. Il les a versés dans un plat qu'il a posé sur la table de nuit.

En regardant autour de lui, il remarqua deux verres sur la table basse. Ils étaient donc là, ou avaient été là. Il se rendit compte qu'il avait soif, il se versa un verre d'eau fraîche.

Il l'a bu d'un trait, puis s'est versé un deuxième verre et l'a tenu contre son front. Cela lui faisait du bien, alors il le garda en place tout en regardant autour de lui dans la pièce.

Derrière lui, le robinet gouttait. Il se souvient d'avoir été au lit après l'une de leurs nombreuses séances,

Benjamin dormant à côté de lui. Déjà à l'époque, le robinet gouttait goutte à goutte. Il devait se lever du lit, le resserrer. Se remettre au lit et de nouveau, goutte à goutte. Sous l'évier, il a trouvé une clé et a résolu le problème, mais maintenant il est de retour. Cela faisait un moment qu'ils n'avaient pas été ensemble.

Il s'est assis sur le bord du lit. "Katie ? Benjamin ?" Pas de réponse. Il essaya à nouveau, soulevant la couette pour regarder sous le lit. "Je t'entends respirer." Il se dirigea vers le balcon : "Sors, sors, où que tu sois".

CHAPITRE 61

QUOI ?

ATTENDS. MILLER S'EST DEMANDÉ si Abe avait prononcé leurs noms à voix haute. Il rapproche son oreille. C'était encore là, le vieil homme appelait les enfants, comme s'ils jouaient à une partie de cache-cache. Miller se gratte la tête. Le ton qu'utilisait Abe était enjoué et familier. Comme s'il avait déjà fait ce genre de choses auparavant.

À l'intérieur de la pièce, il entendit des pas, suivis du bruit d'une porte qui s'ouvrait puis se refermait. Il garda l'oreille collée contre la porte, tandis que la chasse d'eau était tirée, que le robinet grinçait, que la porte s'ouvrait et que des pas traversaient la pièce où un lit grinçait. Quelques instants plus tard, Miller entendit de forts ronflements. La femme d'Abe était morte et il faisait une sieste.

CHAPITRE 62

RÊVE

ABE A RÊVÉ QU'IL était de retour à la maison et qu'il était avec El. À un moment donné, ils volaient ensemble dans le ciel. À un autre moment, ils étaient en cuillère sur le lit.

Elle lui chuchote à l'oreille : "Abe".

"Abe", chuchote Benjamin.

"Benjamin ?" dit-il en se levant du lit. Il n'y a pas de réponse.

Abe s'est dirigé vers le placard. Il se souvint de Benjamin, il y a des années, lorsqu'il était arrivé pour la première fois dans leur maison. Il avait peur de tout et de tous et il avait trouvé du réconfort en se cachant à l'intérieur d'un placard.

"Je sais que tu es là", dit-il en faisant glisser la porte. Bien sûr, Benjamin était là. Tout au fond, contre le mur, assis les jambes croisées.

Abe tâtonna le long du mur, à la recherche d'un interrupteur. Il n'y en avait pas.

"Sors de là, Benjamin", dit-il en guise de consolation. "Je t'ai apporté des chocolats et des bonbons : tes préférés". Mais le garçon ne bouge pas. Abe se retira à l'endroit où le téléphone à brûleur était en train de se recharger. Il est presque à mi-chemin. Il a téléchargé l'application de la lampe de poche. Il l'a essayée et elle a bien fonctionné. Il s'est frayé un chemin dans le placard avec son téléphone qui éclairait le chemin.

Benjamin tenait quelque chose, une poupée en lambeaux. Abe a fait le point avec la lampe de poche. La chose qu'il tenait n'était pas une poupée : c'était Katie.

Il s'est rapproché, rapproché. Il a tendu la main et a touché la joue du garçon, puis celle de la fille - elles étaient toutes les deux froides comme de la pierre. Il a poussé un cri à réveiller les morts.

CHAPITRE 63

PASSE À L'AUTRE CÔTÉ

MILLER A ENFONCÉ LA porte avec son pied botté. Maintenant à l'intérieur, il a sorti son arme de son étui au moment où Abe sortait du placard. Comme un zombie, il se balança sur le sol puis tomba d'abord à genoux, puis, face contre terre, sur le sol.

Miller avait toujours son arme pointée sur Abe qui sanglotait et gémissait comme un homme qui avait perdu la raison. Miller s'est rapproché, essayant de comprendre ce qu'il disait. Au début, il n'arrive pas à comprendre, puis il entend : "Dead. Mort. Mort."

Il se tourna vers le placard et, comme la porte était déjà ouverte, entra. Il faisait trop sombre, il ne voyait rien. Il est sorti, a employé la lampe torche tactique de son arme et est retourné à l'intérieur.

CHAPITRE 64

CORPS

L A LAMPE DE POCHE était trop puissante pour un petit espace aussi confiné. Les rayons rebondissaient et créaient des ombres sombres avant de se concentrer sur ce qui se trouvait là. Deux enfants : Benjamin et Katie.

Au début, il a cru qu'ils dormaient. Il a passé la lumière sur leurs yeux. D'abord le garçon, puis la fille. Il en est sûr maintenant. Il l'avait vu tant de fois. Les deux enfants ressemblaient aux cadavres étalés sur les dalles de la morgue.

Il toucha le visage de Katie et tressaillit : il était froid comme de la pierre. Pauvre enfant. Morte sans savoir qu'elle avait raison au sujet de sa mère. Benjamin était également froid.

Il savait qu'il ne devait pas les déplacer. Il ne devait pas déranger leur dernière demeure. Et pourtant, même s'il le savait, même s'il se rendait compte qu'il dérangerait les preuves. Même s'il se rendait compte qu'il allait déranger les preuves, il l'a quand même fait.

Miller devait d'abord les démêler. Les bras de Benjamin entouraient Katie, comme s'il essayait de la protéger. La tête de la jeune fille se balançait et se posait sur son épaule. Ses cheveux, qui sentaient le miel, ont frôlé sa joue lorsqu'il l'a déposée sur le lit. Il retourna au placard, jetant un coup d'œil à Abe sur son passage. Il était toujours par terre, regardant devant lui comme un zombie. Miller ramasse Benjamin et le dépose sur le lit.

Jetant un coup d'œil à Abe, se grattant la tête, il pensa à ses propres enfants. Comment cela a-t-il pu se produire ? Quel est le rapport avec la mort d'El ? "Qu'est-ce qui s'est passé, mec ?" dit-il à Abe.

Abe s'est mis à genoux. Il n'avait pas la force de se mettre debout. Sa tête penche et ses yeux fixent le sol.

Miller cria : "Qu'est-ce qui s'est passé ici, bon sang ?"

Abe sanglote, puis se jette sur le tapis. Il enfonça tout son visage dans la moquette, comme si le fait de sentir le tissu rugueux contre sa peau le réconfortait.

Miller s'est approché pour que ses bottes touchent la tête d'Abe. Il murmure : "Katie avait raison - sa mère est vivante."

"Quoi ?" Abe répond.

" Ça n'a plus d'importance maintenant ", a dit Miller. "Elle est morte. Elles sont toutes les deux mortes."

Cette fois, Abe s'est tapé le front sur le sol.

Miller s'est versé un verre d'eau. Il l'a bu, mais il est remonté aussitôt tandis que le robinet gouttait en arrière-plan. Il a pensé à apporter de l'eau à Abe. Mais il ne l'a pas fait.

"Lève-toi, Abe", exige Miller. Quand il fut debout, Miller lui secoua les épaules : "Explique-toi, mec".

Abe se mit à pleurnicher et à pleurer. Il s'est effondré sur ses genoux.

Miller se rendit dans le placard, en sortit une couverture et la drapa sur les épaules d'Abe. Il essaya de ne pas penser aux enfants, se concentrant plutôt sur les choses qu'il devait faire. Il devait appeler le médecin légiste et faire avancer l'enquête. Pourquoi hésite-t-il ? Qu'est-ce qu'il attend ? Cela n'avait aucun sens - rien de tout cela. Les enfants étaient froids comme de la pierre - comme s'ils étaient morts depuis un moment - alors que d'après El, ils ne devaient pas être partis depuis longtemps. Alors, que s'est-il passé ? Qui était responsable ? Il a téléphoné, ne donnant que peu d'explications. "Deux enfants décédés : cause inconnue", dit-il.

En attendant de parler à son commandant, il jette un coup d'œil aux deux enfants sur le lit. Ils avaient l'air effrayés - comme s'ils avaient été effrayés à mort. Il secoue la tête. Les gens pouvaient mourir de beaucoup de choses, mais pas de la peur.

Après avoir désactivé l'appel, il est retourné auprès d'Abe. "Qu'est-ce qui s'est passé ici ?" Il aide Abe à se lever et le conduit vers l'évier pour qu'il prenne un verre d'eau.

Abe prend une gorgée, puis dit : "J'ai besoin d'air !" Il a traversé la pièce à grands pas et a repoussé la porte qui menait au balcon.

Miller se tient entre les arches de la porte-fenêtre, craignant que son vieil ami ne saute.

Quelque part dans la pièce, un enfant sanglote.

Abe et Miller se tournèrent vers le lit, sachant très bien que le son ne venait pas de là. Les deux hommes restèrent immobiles, tous les sens en alerte, attendant de réentendre le son.

"Coroner", dit une voix à l'extérieur après avoir frappé.

"C'est ouvert", dit Miller alors que l'équipe, y compris les médecins légistes, arrive.

Miller jette un coup d'œil à Abe, qui est assis sans expression. Ses yeux bleus semblaient encore plus bleus cachés dans sa pâleur fantomatique.

"Qu'avons-nous là ?" demande un membre de l'équipe médico-légale.

"Deux enfants morts", a répondu Miller.

L'équipe s'est mise au travail pour rassembler les preuves.

Miller et Abe se tenaient côte à côte en attendant le son : le son d'un enfant qui gémit.

CHAPITRE 65

LA PEINTURE

ABE S'EST RELEVÉ ET a avancé, en penchant la tête comme s'il avait entendu quelque chose.

Miller n'a rien entendu. Il ouvrit la bouche pour dire quelque chose à Abe, mais c'était comme s'il était en transe. Il traîne les pieds sur la moquette.

Abe tombe à genoux en sanglotant : "Je suis désolé, Benjamin. Je suis tellement désolé. Tout ce que je veux, c'est que tu sois là. S'il te plaît." Son corps tomba en avant, sa tête reposant sur le tapis.

Miller avait deux idées en tête. L'une était de réconforter son vieil ami qui avait des hallucinations. L'autre était d'aider l'équipe - ils étaient presque prêts à mettre les deux enfants dans des sacs mortuaires.

Au lieu de cela, il n'a rien fait, alors que Benjamin était enfermé dans le sac vert. Il frissonna lorsque le deuxième bruit de la fermeture éclair refermant Katie perça le silence.

"Lève-toi", ordonne une voix venue de nulle part.

Abe s'exécuta, se levant comme une marionnette animée par un marionnettiste.

"Va au tableau", lui dit la voix.

Abe suit les indications comme un zombie et s'arrête devant l'estampe de Van Gogh.

"Non ! Non !" hurle-t-il en se couvrant la tête de ses mains.

Miller s'est déplacé directement derrière lui, pour qu'il puisse regarder la réimpression de plus près. Tout ce qu'il a vu, c'est un vase de tournesols, mais il ne s'attendait pas à voir autre chose. Quand Abe a recommencé à parler, Miller s'est éloigné.

Abe enlève ses mains de son visage et sanglote : "Pourquoi ? Pourquoi ? Pourquoi ? Dis-moi pourquoi ?"

L'équipe qui portait les corps des enfants s'est avancée vers la porte. L'un d'eux demanda : "À qui parle le vieux schnock ?"

Sans répondre, Miller lui a fait signe de s'éloigner.

Une voix a retenti. Une voix de garçon qui sonnait creux, comme si elle provenait de l'intérieur d'un tunnel. "Tu sais pourquoi."

"Benjamin", dit Abe. "Je t'aime."

L'équipe avec les sacs mortuaires s'est arrêtée. Ils ne savaient pas que la voix qu'ils entendaient, était celle de Benjamin - le garçon dont le corps se trouvait dans l'un des sacs qu'ils transportaient.

"Remettez les sacs sur le lit", ordonne Miller. "Ouvrez celui qui contient le garçon - MAINTENANT."

L'équipe a suivi les instructions de Miller. Benjamin était blanc, les yeux fermés. Toujours mort. Miller fixa le visage immobile du garçon, lorsque sa voix retentit à nouveau.

"Tu sais ce que tu m'as fait. Tu sais."

"Je t'ai aimé. Je t'aime encore", répond Abe en tendant la main vers l'air vide.

"Aimé qui ? À qui parle-t-il, à Van Gogh lui-même ?" demande l'un des membres de l'équipe.

"Chut", a répondu Miller.

"Ce que nous avons fait, c'est aimer. Parce que nous nous aimions les uns les autres", avoue Abe.

Miller secoue la tête. A-t-il bien entendu ? Il serra les poings en comblant le fossé qui le séparait de son ancien ami.

Abe a levé les yeux vers le plafond, comme s'il pensait que Benjamin lui parlait depuis le ciel.

"Pourquoi as-tu dû te tuer et tuer Katie ? Pourquoi ?"

"J'ai fait ce que j'avais à faire."

"Pour me punir ?"

"Oui, parce que je te connais."

Miller serra les poings.

"Je ne l'aurais pas touchée", sanglote Abe.

"Je ne te crois pas."

Abe resta statufié devant le tableau, les yeux fixés vers le ciel.

Miller a fait comprendre à l'équipe derrière lui : "Je m'en occupe à partir d'ici".

Ils ont refermé le sac de Benjamin et ont porté les deux enfants hors de la pièce.

Miller se déplace de façon à ce qu'Abe soit juste en face de lui.

Abe continue de regarder vers le ciel. Le temps semble s'arrêter.

Puis un couteau est sorti du tableau et a tranché la gorge d'Abe d'un seul coup.

Pendant quelques secondes, Abe reste dans la même position. Le seul mouvement était le sang qui jaillissait de la blessure. Puis la gravité a pris le dessus et il s'est laissé tomber sur le sol, sa tête disparaissant sous la couverture du lit.

CRASH. Le tableau de tournesols de Van Gogh encadré tomba sur le sol. Le frontispice en verre s'est brisé, éclatant en mille morceaux.

Miller rappelle l'équipe. Lorsqu'ils sont rentrés dans la pièce, le sol n'était plus qu'une bouillie de sang. "Où est sa tête ?" demande l'un d'eux.

Miller a parlé comme s'il s'agissait d'un événement quotidien. "Elle est sous le lit."

L'un a soulevé la couette, l'autre a passé la main dessous. Ils ont fourré Abe dans le sac mortuaire, les yeux grands ouverts. Tout s'était passé si vite ; il n'avait pas eu le temps de cligner des yeux. Ils ont refermé le sac mortuaire.

"Ne laissez pas les enfants s'approcher de lui, dit Miller. Mettez-le dans le coffre, ou sur le toit, n'importe où - mais pas avec ces enfants."

"Bien sûr, nous y veillerons."

CHAPITRE 66

SGT. MILLER

MILLER EST SORTI SUR le balcon pour prendre un peu l'air. Il avait besoin de réfléchir à tout cela, car rien n'avait de sens. D'abord, il y a eu la mort d'El. Savait-elle ce qui se passait avec son mari et son enfant adoptif ? Il ne croit pas qu'elle ait pu le savoir. Pas El.

Benjamin et Katie avaient l'air d'avoir été effrayés à mort - mais ils étaient morts bien avant qu'Abe n'arrive dans cet endroit.

Quant à l'abus d'Abe sur son fils adoptif, c'était tordu. Trop tordu pour y penser. Il ne voulait pas penser au nombre de fois où Abe avait été invité dans sa propre maison. Aux moments qu'Abe avait passés avec ses propres enfants.

Et puis il y avait l'aspect surnaturel de ce qui s'était passé. Le sergent Miller ne croit pas au surnaturel. Il l'avait pourtant vu et il avait entendu les voix. Mais comment allait-il l'expliquer ? Il n'y parviendrait jamais, même en un million d'années.

Le monde était devenu fou.

Miller retourna à l'intérieur, claqua les portes du balcon et les verrouilla. Un homme et une femme étaient là avec un aspirateur et une machine à nettoyer les tapis.

La femme demanda : "Ça va si je commence ?" à Miller, qui acquiesça. Elle a mis en marche la machine à aspirer et pendant quelques secondes, il est resté debout à écouter le verre être aspiré dans le récipient métallique.

"Stop !" ordonna-t-il en se déplaçant sur le sol. Il s'est baissé et a ramassé un seul tournesol sur un morceau de verre.

La femme s'est remise à passer l'aspirateur, tandis que Miller portait le tournesol à ses yeux.

Puis il l'a vu - le mouvement - à l'intérieur du tournesol. Des peintures, du jaune chrome, du jaune citron, des couleurs qui tourbillonnent et tournent comme dans un kaléidoscope. Il a senti la moquette se déplacer sous lui, tandis qu'il laissait tomber le tournesol, puis tout est devenu noir et il s'est écroulé sur le sol.

CHAPITRE 67

KATIE SE RÉVEILLE

"BENJAMIN", DIT KATIE, "JE ne suis pas censée être ici". Elle était sur une balançoire et il la poussait de plus en plus haut, mais pas trop.

"Bien sûr, tu devrais être ici", dit Benjamin.

Tout autour d'eux, des enfants jouaient. Quelques-uns étaient dans le bac à sable. D'autres faisaient de la balançoire à bascule. Beaucoup s'affrontaient dans des matchs de baseball et de football. Plusieurs jouaient à des jeux de société comme les échecs, les dames et les billes.

"Tu es la bienvenue ici", dit un garçon, plus jeune que Benjamin, à Katie.

Il portait une salopette en jean, sans chemise en dessous. Il avait un bronzage doré qui rendait ses cheveux blonds et ses yeux bleus dominants sur son visage athlétique.

"Tu es la bienvenue ici, ma nouvelle sœur", dit une petite fille, plus jeune que Katie. Ses cheveux étaient en boucles, qui rebondissaient quand elle courait. Elle était jolie, dans une robe bleue avec de la dentelle sur les bords, et à ses pieds se trouvaient des sandales blanches.

"Mais je ne suis pas comme toi", dit Katie. "Je n'ai pas ma place ici. Tu as entendu le sergent Miller. Il a dit que ma maman est vivante. Elle m'attend probablement au bord de l'eau. Elle m'a dit de ne pas bouger. Elle va s'inquiéter pour moi."

Benjamin la pousse plus haut, "Tu seras en sécurité ici".

Des bourdons ont soufflé dans le parc. Le parc qui se trouve à l'intérieur du tableau de tournesols de Van Gogh brisé. L'endroit où tous les enfants oubliés ont vécu et joué ensemble pour toujours.

Car si la façade en verre a volé en éclats dans ce monde, elle est restée intacte dans un autre. L'horloge de chaque enfant s'est inversée, en arrière.

En arrière. Au moment où ils ont perdu leur enfance. Quand ils ont été forcés de grandir, trop vite.

À l'intérieur du tableau, les enfants sont restés des enfants pour toujours. Dans la sécurité des Tournesols ensoleillés de Van Gogh, il y avait une promesse. Une promesse qu'aucun enfant ne serait plus jamais blessé, maltraité, effrayé ou négligé.

CHAPITRE 68

SGT. MILLER

À LA MORGUE, MILLER choisissait les cercueils pour El, Katie et Benjamin - et Abe. Il aurait bien laissé le vieil homme aller aux deux dans une boîte en carton, s'il l'avait pu, mais cela ne lui convenait pas. Il devait donc choisir quatre cercueils pour quatre corps. Quelqu'un devait le faire.

Miller espérait pouvoir tourner la page en s'occupant de cette tâche. Pourtant, Jennifer Walker, la mère disparue de Katie, lui trottait dans la tête. Elle était là, quelque part - et sa fille était morte parce qu'elle l'avait laissée seule au bord de l'eau. Quelle tragédie !

Une telle perte. Tout cela aurait pu être évité. Un parent est censé protéger son enfant - quoi qu'il arrive.

Se mettre en danger plutôt que de faire du mal à l'enfant. Quand est-ce que tout a dérapé et pourquoi ne l'a-t-il pas vu ?

Miller n'a pas pu tourner la page. Il ne pouvait pas avoir l'esprit tranquille.

Et dans ses tripes, quelque chose le rongeait. Il le dévorait de l'intérieur. Il est retourné chez les Julius, dans l'espoir de trouver des réponses. La propriété était toujours bouclée par du ruban adhésif, avec un officier posté à la porte d'entrée.

"Il y a quelqu'un là-dedans ?" demande Miller.

"Non, sergent. Je pense qu'ils ont à peu près tout bouclé pour la journée. Ils ont relevé les empreintes et sorti tout ce qu'ils voulaient garder comme preuves." Il regarde sa montre. "J'avais prévu de retourner bientôt au poste. Mon service est presque terminé."

"Quelqu'un d'autre vient-il surveiller l'endroit pendant la nuit ?" demande Miller.

"Je ne pense pas."

"Allez-y alors", dit Miller, "je m'en occupe à partir d'ici".

Le policier est monté dans sa voiture de patrouille et a démarré. Miller l'a regardé s'éloigner, puis est entré dans la maison.

Une fois à l'intérieur, il laissa le sentiment qui lui rongeait les tripes le conduire là où il devait aller. Au bout du couloir, le long du corridor. Jusqu'au bureau d'Abe. Il vérifia le bureau : il était fermé. Il est allé dans la cuisine et a pris un couteau dans le tiroir. Il s'en est servi pour forcer le bureau. Ce qu'il cherchait était là, comme s'il l'attendait : Le registre d'Abe.

Miller a feuilleté les pages menant à Noël, à la recherche de commandes de poupées. Il y avait plusieurs commandes au fil des ans, y compris des photos des enfants, leurs adresses complètes, et des photos des enfants avec leurs poupées correspondantes.

Il n'y avait pas de photo de Katie dans la pile, mais il a pu confirmer que la personne qui avait passé la commande et récupéré la poupée était Mark Wheeler.

Il a trouvé sept commandes au total au fil des ans. Une photo de l'enfant, à côté de la photo de la poupée. Celle de Katie avait été le dernier achat.

Il s'assit encore quelques secondes dans le fauteuil d'Abe, tandis qu'il feuilletait ses dossiers. Il y avait notamment une demande d'adoption de Benjamin. Il y était dit qu'il prendrait également possession de la maison et du magasin. Rien n'avait été finalisé, car El n'avait pas signé la demande. Il saisit la demande ainsi que le registre et les emporta hors du bureau.

Il entre dans la chambre de Katie. Pendant une seconde, il n'a pas pu respirer. Sa poupée sosie était sur le lit, assise, et le regardait. Elle l'attendait. Si la chose avait respiré, cela n'aurait pas pu l'assommer davantage. Incapable de bouger, ses sens s'aiguisèrent.

D'abord, un sifflement. Des battements d'ailes. Des rideaux qui s'envolent. Des tentacules de tissu s'approchant de la poupée.

Il a frissonné, s'est retourné pour partir mais n'a pas pu. Il a enroulé ses bras autour de lui.

"D'accord, d'accord", dit-il à personne. Il ramassa la poupée et la porta hors de la pièce et dans la cuisine. Il a cherché sous l'évier un sac assez grand pour la ranger. Il n'a pas eu le courage de la mettre dans un sac poubelle vert, qui ressemble trop à un sac mortuaire. À la place, il a trouvé un sac de recyclage bleu transparent et y a mis la poupée les pieds devant.

Il a fermé la maison à clé, est monté dans sa voiture et a traversé la ville. En arrivant à l'immeuble, le concierge l'a reconnu, il n'a donc pas eu besoin de montrer son badge. Une bonne chose puisqu'il transportait une poupée dans un grand sac transparent.

"Je vais vous emmener là-haut", lui a dit Matthew Barry, le responsable du bureau. Il a ouvert la voie vers l'ascenseur et le septième étage.

Dans l'ascenseur, Miller s'est posé beaucoup de questions, comme ce qu'il faisait et pourquoi, mais aucune réponse n'est venue.

Tout ce dont il était sûr, c'est que depuis qu'il avait pris la poupée, le sentiment qui lui rongeait les tripes s'était atténué. Au fur et à mesure qu'il s'approchait de la pièce, elle s'estompait.

Barry tourne la clé dans la serrure, et WHAM, une sirène hurle - donnant au directeur l'impression que son cerveau va exploser. Le pauvre homme a cliqué sur tous les boutons du mur pour essayer de faire cesser ce son violent. Comme rien ne fonctionnait, il s'est bouché les oreilles et a fini par se retourner et sortir de la pièce en hurlant.

Miller a lui aussi été affecté par les sirènes, mais pas autant que le directeur. Il se laissa tomber sur le lit, s'aidant des oreillers pour étouffer le son et espérant qu'il s'arrêterait bientôt. Il a fermé les yeux et s'est évanoui. Lorsqu'il revint à lui, les oreillers étaient posés sur le sol et la pièce était silencieuse.

Il avala un peu d'eau, puis s'en aspergea le visage. Il a remarqué que la moquette était neuve, plus douce cette fois. Puis il a vu quelque chose d'autre : un nouveau tableau de Van Gogh, Tournesols, enfermé dans un cadre doré ancien.

Pendant que le robinet goutte à goutte, il examine le tableau. Il n'a vu aucun mouvement, puis s'est souvenu de la poupée. Il a vu le sac en plastique sur le sol à côté du lit : il était vide.

Se grattant la tête, il se retourna et se dirigea vers la porte, et alors qu'il posait la main sur la poignée, des voix d'enfants lui donnèrent la sérénade :

Merci pour les fleurs,

Merci pour les arbres,

Merci pour les chutes d'eau,

Merci pour la brise.

Nous sommes ici ensemble maintenant.

Libérés du mal et de la douleur

Merci, sergent Miller

D'être revenu encore une fois.

Ces mots et cet air ont continué à tourner dans sa tête. Pendant des jours, des semaines, des mois, des années.

EPILOGUE

MILLER A PRIS SA retraite, avec une dernière demande dans l'exercice de ses fonctions. Il a frappé à la porte de Judy Smith.

"Je suis ici pour voir Gerald", a-t-il dit.

Il a suivi Judy dans l'escalier : "Le sergent Miller est là pour vous voir".

Elle est restée dans l'embrasure de la porte, tandis que Miller serrait la main de Gerald et lui remettait une citation du citoyen.

"Vous nous avez aidés à résoudre une affaire", a déclaré Miller. "Continuez à faire de l'excellent travail."

"Je peux avoir une photo de vous deux ?" demande Judy.

Miller a acquiescé et Gerald et lui ont bavardé pendant qu'elle descendait et remontait avec son téléphone à la main.

"Dis cheese", dit-elle.

Après quelques photos, Miller a fait ses adieux et s'est mis en route pour rentrer chez lui. Il espérait passer une nuit tranquille avec sa femme - ce qu'il ne savait pas, c'est qu'elle lui réservait une énorme surprise pour son départ à la retraite.

ne savait pas, c'est qu'elle lui réservait une énorme surprise pour son départ à la retraite.

Remerciements

Merci d'avoir lu Everyone's Child dont j'ai écrit la première version pendant le National Novel Writing Month, en 2013.

Le premier jet terminé, j'ai fait quelques révisions mineures puis je l'ai envoyé à quelques lecteurs bêta pour voir comment il pouvait être amélioré - et s'ils l'aimaient. Quatre lecteurs sur cinq (qui étaient des collègues auteurs) n'aimaient ni Katie, ni Benjamin et voulaient que je réécrive les personnages pour qu'ils ressemblent davantage à leurs propres enfants, etc. Je les ai emportés pour y réfléchir pendant que je travaillais sur d'autres projets.

En fin de compte, j'ai décidé de m'en tenir à ce que je faisais. D'autres auteurs pouvaient écrire leurs personnages comme ils le souhaitaient. Si nous écrivions tous nos personnages de la même façon, à quoi cela servirait-il ? Ce sont mes personnages et ils m'ont choisie pour raconter leur histoire. Je devais raconter leurs histoires de la façon dont ils voulaient qu'elles soient entendues. À cet égard, mes personnages et moi-même étions en phase.

J'ai trouvé une excellente éditrice et je lui serai toujours reconnaissante de son aide et de ses encouragements.

Mais Everyone's Child n'était pas encore terminé. Il devait être lu par de nouveaux bêta-lecteurs et ce fut le cas. Je leur ai posé des questions cette fois-ci, et je m'inquiétais en particulier des miettes de pain. Avais-je laissé suffisamment de miettes de pain pour mener le lecteur à la conclusion choquante ? Une lectrice sur cinq a estimé que j'en avais trop donné et m'a demandé de réduire le nombre de miettes de pain. Tu seras peut-être intéressé d'apprendre qu'elle s'est d'abord trompée, mais qu'en relisant, elle a compris davantage d'indices que j'avais donnés.

J'aimerais profiter de cette occasion pour remercier mes relecteurs, mes bêta-lecteurs et mes éditeurs pour leur engagement envers moi et ce projet. Votre contribution a été précieuse - que j'accepte ou non vos suggestions. Pour m'avoir aidé à faire de L'enfant de tous le meilleur possible. Peut-être que Stephen King aurait pu/aurait voulu faire plus. Mais je ne suis pas Stephen King. Je suis un auteur indépendant, seul employé et fondateur de Stratford Living Publishing.

Merci également à la famille et aux amis qui m'ont soutenue dans l'obscurité.

Et comme toujours, bonne lecture !

Cathy

A propos de l'auteur

Cathy McGough, auteure primée à plusieurs reprises,
vit et écrit à Oakville,
Ontario, Canada, avec son mari, son fils, leurs deux
chats et leur chien.

Si tu souhaites envoyer un courriel à Cathy, tu peux
la joindre ici,
tu peux la joindre ici :
cathy@cathymcgough.com
Cathy adore recevoir des nouvelles de
de ses lecteurs.

Également par :

FICTION
Le Secret De Ribby
13 histoires courtes (qui comprennent :
***Le parapluie et le vent**
***La révélation de Margaret**
***Le vin de pissenlit (FINALISTE DU PRIX DU LIVRE**
PRÉFÉRÉ DES LECTEURS))
Interviews With Legendary Writers From Beyond (2ND
PLACE BEST LITERARY REFERENCE 2016 METAMORPH
PUBLISHING)
La déesse des plus grandes tailles
NON-FICTION
103 idées de collecte de fonds pour les parents
bénévoles auprès des
Écoles et équipes (3EME PLACE MEILLEURE
RÉFÉRENCE 2016 ÉDITION MÉTAMORPH.)
+ Livres pour enfants et jeunes adultes